# 輪廻のピアノ

前世からのメッセージ

横光真呂
YOKOMITSU Maro

文芸社

# 目次

# 第一章　蜘蛛の糸

　マリンブルーの壁に、クレヨンで描いた無邪気な絵が何枚か飾られていた。少年のお気に入りは、真ん中の虹色クジラだった。絵の真下にベッドが横付けされ、少年が布団からちょこんと顔を覗かせていた。

「ねえ、パパ。今日は学校で面白い話を先生から聞いたよ。カンダさんという悪い人がいてね、神様が蜘蛛《くも》の糸で助けてあげようとするんだ。だけど、糸が切れて地獄に落ちるんだ。カンダさん一人だけだったら、天国に行けたのになあ。みんなが上《のぼ》ってきて、重くて糸が切れちゃうんだ。僕、地獄は嫌だな。ねえ、天国にはどうやったら行けるのかな」

　影山一郎《かげやまいちろう》は、小学一年生になる九十九《つくも》の話を聞きながら、おやっと思った。一郎は売れないながらも童話作家だった。芥川龍之介の『蜘蛛の糸』は大好きで百回は読んだ。だが、息子の話すストーリーには幾つかの間違いがあった。「カンダさん」は大悪党の「カンダタ」で、「神様」は「お釈迦様」、「天国」も正確には「極楽」だった。何より、蜘蛛の糸はみんなが上って重くなったから切れたわけではない。学校の先生は一体、どんな教え方をしているのだろうかと釈然としなかった。

所詮、この話は七歳の子供にはまだ早い。アンデルセン童話やグリム童話の方がいいんじゃないかと思うのだった。

「ねえ、パパ。カンダさんは地獄に落ちてその後、どうなったのかな。死んだのかな」

「うーん、そうだな。じゃあ、パパがその話の続きをしてあげよう」

＊

「蜘蛛の糸が切れて再び地獄に落ちたカンダタは、二つのことを不思議に思いました。なぜ蜘蛛の糸が、自分の目の前に下りてきたのか。糸が切れたのは、みんなが上ってきて重くなったからなのか。カンダタは誰かが自分を地獄から助けようとしてくれたのかも知れないと思いました。糸が切れたのは、下から上ってくるみんなに『下りろ』と叫んだ後だったので、みんなと協力して上っていたらよかったのかなとも思いました。そこで地獄にいるみんなに『次に蜘蛛の糸が下りてきたら、重くなりすぎないように順番に上るんだ。糸が下りてきたのを見つけたら、自分だけが助かろうとせず、全員が助かるようにしよう』と話しました」

　それから百年の星霜が過ぎた。そして、さらにもう百年を経る頃には蜘蛛の糸のことなど誰も覚えてはいなかった。

　そこは光が届かず、深い闇が支配していた。恐ろしい針の山が切り立ち、その針が時々光ったので、隣の男の顔が、薄気味悪く宙に浮かび上がった。魑魅魍魎《ちみもうりょう》が跋扈《ばっこ》し、咆哮《ほうこう》をあげては罪人たちを総毛立たせた。罪人は冷たい血の池に腰までつかり、脚の感覚はないに等しかった。横になって眠ることは許されず、裸で突っ立ったまま、ただ真っ暗な空を、昼も夜もなく見上げるだけの毎日だった。あちこちから泣き喚く声や罵倒、怨嗟《えんさ》、呻吟《しんぎん》が聞こえ、阿鼻《あび》叫喚《きょうかん》の巷と化していた。罪人たちはいつ赦されるとも知れない、犯した罪の贖《あがな》いを、次の日もその次の日もただひたすら待ち続けるだけだった。

そして千年の時が満ち、地獄に再び一本の銀色に光る蜘蛛の糸が垂れてきた。それを見た罪人たちは、一斉に歓喜の雄叫びを上げ、狂喜乱舞した。上る順番はくじで決めていた。しかし、そんなことはすっかり忘れ、誰もがその糸に飛び付こうと、手当たり次第に殴る蹴るの乱暴を働き、我先にと糸へ急いだ。糸は罪人たちの伸ばした手の先より少し高いところにあり、誰も掴むことができなかった。

カンダタは叫んだ。

「みんな、決めた通りに順番に上って行くんだ。まずはみんなで協力して肩を組み、やぐらを作るんだ」

「お前、そんなことを言って、抜け駆けする気だな」

「そうだ。お前が一番先に上るつもりなんだろう」

「違う、違う。俺はそんなことはしない。俺は、みんなの最後に上る」

お釈迦様は、それをじっと極楽から眺めていた。カンダタの自分本位で自分だけが助かればいいという醜い心は、千年ですっかり消え失せていた。今は他人を思いやる慈悲の心に満ちていて、それが、お釈迦様にはほほ笑ましく映った。そこで、もっと多くの蜘蛛を呼び寄せ、たくさんの糸を垂らすことにした。

罪人たちは、空気が震えるほどの歓呼の声を轟かせ、一斉に糸に群がった。一体何人の罪人が地獄にはいたのか。数え切れないほどの黒い影が一列に連なり、光る糸を蟻のように上へ上へとよじ上り始めた。

カンダタはそれをじっと下から見上げていた。お釈迦様は、カンダタの前にも一本の糸を垂らしてあげた。カンダタは誰がこの糸を垂らしてくれたのか、分かった気がした。しかし、それをすぐには上らず、近くにいた者を呼んでは自分より先に上らせた。

糸を上り切ると、そこは極楽だった。有るもの全てが金や銀など、目映い輝きを放つ七宝でできており、辺りは甘くいい匂いで満ちていた。罪人たちは死臭に閉ざされた地獄を抜け出た喜びのあまり、我を忘れて傍若無人に狼藉を働いた。

ある者は腹が減っていたので、水晶の宮殿の食べ物を手当たり次第に食い散らかし、珊瑚のテーブルの上でいびきをかいて寝た。別の者は金、銀の花や葉を手当たり次第に引きちぎり、水晶の木も根元から引き抜いた。貝殻の装飾が付いた純白のカーテンをむしり取り、瑠璃《るり》や瑪瑙《めのう》がちりばめられた食器を包《くる》んで盗む者もいた。

お釈迦様は、地獄で千年も耐えたのに、少しも反省の色が見られない罪人たちを残念に思った。そして再び罰を与えることにした。

罪人たちはいつの間にか寝入り、目が覚めると辺りは真っ暗だった。夜になったのかなと思ったが、それは間違いだった。再び血生臭い元の地獄へと送り返されたのだった。

カンダタは、最後尾で蜘蛛の糸を上ってきた。ようやく極楽に辿り着くと、そこには誰の姿もなく、訳が分からなかった。折れた木々や食べ散らかしたパン屑、壊れた椅子など、みんながいた痕跡はあった。しかし、いくら探しても誰一人として見つけることはできず、途方に暮れた。

「おーい、誰かいないか。みんなぁ、どこへ行ったんだ」

しかし、返事はなかった。虚しく、自分の声だけが木霊として返ってくるだけだった。そこで、カンダタはもう一度大声で叫んだ。

「お釈迦様、糸を垂らしていただき、ありがとうございます。全員が助かったと思ったのに、極楽にいるのは俺一人だけでした。これではみんなに合わせる顔がありません。もう一度地獄に戻してください」

お釈迦様は木陰から出てきて怪訝な顔で尋ねた。

「今度地獄に戻ったら、もう二度とここには来られなくなる。それでもお前はいいのか」

カンダタは泣きながら言った。

「はい、それでも構いません。俺を地獄に戻してください」

「どうして、そんなに地獄に戻りたいのだ。あれほど地獄から出たいと千年も空を見上げていたではないか」

「はい、でもこのままでは俺だけが助かり、みんなに嘘をついたことになります。どうか嘘つきにならないように俺を戻してください」

お釈迦様はどうしたものかと思案した。そして「それでは、もう一度だけチャンスを与える。また千年経ったら、同じように蜘蛛の糸を垂らすから上ってくるがいい」とほほ笑んだ。

カンダタは「ありがとうございます」と地面に額ずき、お礼を言った。カンダタが顔を上げると、そこは真っ暗な地獄だった。あっという間の出来事に、カンダタは立ったまま極楽の夢を見ていたのかなと思った。

＊

一郎が話し終える頃には、九十九は気持ちよさそうに寝息を立てていた。息子がどこまで話を聞いてくれたかなと思いながら、一郎はそっと明かりを消して子供部屋を出た。


時は流れ、影山九十九は二十二歳に成長し、日本音楽コンクールの本選会場にいた。下馬評では優勝候補に挙がっていた。プロのピアニストになるため、母の雅子《まさこ》と二人三脚でここまで頑張ってきた。芸大の卒業を来春に控え、この大会は集大成の位置付けだった。

「僕はベーゼンドルファーがいいんだ。温かみがあってビロードのような気品ある音色が好きなんだ。それにオーケストラの弦楽器ともよく調和するしね」

「何言ってるの。コンクールは音色がクリアで、繊細さとパワフルさを併せ持つスタインウェイ479でなきゃ、優勝できないわ」

母と息子は決勝当日の朝もピアノの選択のことで言い争っていた。前日、息子が納得する方に決めたが、それでも雅子はまだこだわっていた。それで、音量で劣る分、いつも以上に全身で鍵盤に圧をかけることを、また繰り返し言い聞かせていたのだった。

九十九が弾くのはチャイコフスキーの「ピアノ協奏曲第一番」だった。四番目の演奏者としてステージに現れると、大きな拍手を浴びて一礼し、いつもより椅子を高めに浅く腰掛けた。白いハンカチでそっと鍵盤を拭き、息を整えた。指揮者に目で合図を送り、両目を閉じると、コンクール会場は一瞬にして別世界へと変わった。そこは一面の銀世界が広がり、屹立する雪山に囲まれた雪原だった。その中に、九十九はただ独り突っ立っていた。

ホルンから始まる壮大な序奏は、聴いていて誰もがつい口ずさみたくなる有名な旋律だった。ロシアの大地を彷彿させる雄大な調べは、極寒の冬から春に転じ、山々から大地に雪解け水が注ぎ出し、鳥たちのさえずりが森に帰ってきたような自然の生命力と鼓動に溢れていた。ピアノの大きな和音が響き渡り、その律動が終わると、第一主題が表れ、ウクライナの民謡調の独特の三連音符のリズムが刻まれた。クラリネットの艶やかな音色に誘われ、第二主題に移った。九十九はピアノと一体となって不安定なメロディーと美しいアルペジオを再現。オーケストラとの激しい掛け合いで第一楽章がクライマックスへと向かった。その時、突然「ドーン」という落雷のような轟音がホールに響き、ピアノの弦の一本が切れた。観客席全体がざわめき、凍り付いたようにすぐにまた静まり返った。

九十九は弾き続けるしかなかった。弦を張り直すことも、ピアノを取り換えることもできない。よりによって決勝で弦が切れるなんて最悪としか言いようがなかった。

演奏を続けながら、頭の中では疑問と後悔が不協和音を奏でていた。弾き方に無理があったのか？　鍵盤に体重を掛けすぎたのか？　母が言うようにスタインウェイを選ぶべきだったのか？　波打つ黒鍵と白鍵の躍動と美しい調べのその裏側で、九十九の心は堂々巡りし、もがいていた。

切れた弦は低音から数えた鍵盤番号で19E♭だった。何とか平静を装い、曲を最後まで弾き切った。割れんばかりの拍手がホールに渦巻いた。九十九は作り笑顔で椅子から立ち上がると、ピアノに左手をつき、観客席に向かって深々とお辞儀をした。

控え室で待っていた母は涙交じりの沈痛な面持ちだった。いつもは母からねぎらいの言葉が掛かるのに、この日に限っては逆だった。

「母さん、終わったよ。泣かないで」

残りの二人の演奏も終わり、審査は異例の長い協議が続き、二時間近くも待たされた。結果が出て九十九は本選六人の中で四位の評価だった。弦が切れ、たとえ音が出なくても規定上は減点されることはない。しかし、予想外の結果に、母は失意で泣き崩れた。

断弦は、九十九の音楽人生だけでなく、人生をも大きく狂わせようとしていた。母の涙はほんの序章にすぎず、本当の悲劇はその夜に九十九を襲った。

九十九は、母との言い争いを避けて、田園調布の自宅に戻るとすぐバイクに跨がり、用賀から東名高速道路を西へと走らせた。晩秋の冷たく澄んだ空気を切り裂き、重低音のマシンは狂った獣のように唸り、吠え、力任せに駆けた。獣はいきり立つ鬼神の形相で牙を剝《む》き、怒りの発露を探し求めた。その猛りは一時的ではあったが、囚人を傷心の獄舎から連れ出し、非日常の彼方へと放射してこの世の嫌なこと全てを忘れさせた。

浜松まで二時間近くを走り、そろそろ自宅へ帰ろうと高速を下りて側道に出た。突然、目の前を一匹の猫が横切った。九十九は避けようとして制御を失い、暴れるマシンもろともガードレールにぶつかり、林の中へと突っ込んだ。体が宙を舞い、無声映画のスローモーションを見ているように地球が一回転した。木々や地面にたたきつけられると同時に、強烈な痛みに見舞われ、息ができずに死んだかと思った。

片目を開け、立ち上がろうとすると、右腕が後ろに折れ曲がり、激痛が脳天まで切り裂いた。何とかスマホを取り出し、自力で救急車を呼んだ。その後のことは、ほとんど覚えていない。肋骨三本の骨折と右大腿筋の裂傷。最悪は、右肘から手首まで七カ所にわたって複雑骨折していたことだった。搬送先の病院で緊急手術を受け、丸一昼夜眠り続けた。

麻酔から目覚めると、医師から「最善を尽くしたけど、神経の機能が元通りに戻る確率は極めて低い」と告げられた。言葉の意味を手繰ろうとする前に、九十九は再び眠りに落ちた。次に目が覚めた時には、病室の枕元に両親の姿があった。母は相変わらず白いハンカチを手に泣き崩れていた。父は黒ずんだ裸足の足跡が残る床に目を伏せていた。

意識が混濁する中で、九十九は母と駆けてきたピアノの日々が、切れ切れの記憶となって蘇っていた。二歳からピアノを始め、何度も「嫌だ。やめる」と反発した。しかし、それでもピアノをやめず、初めての発表会は四歳でショパンの「ノクターン第二番」を弾いた。小学校一年の時はモーツァルトの「トルコ行進曲」を母とよく連弾した。中学校ではベートーベンの三大ピアノソナタ「月光」「悲愴」「熱情」をコンサートで披露。高校では——。次々と思い出が湧き上がる。だが、プロになる手前で天罰が下ったのだと思うと、雷が全身を貫き、体の六十兆個全ての細胞が焼かれて死んだ気分だった。

目頭が熱くなり、何度も涙が溢れた。右腕は治るが、ピアニストには戻れない。自分の人生にはピアノしかなかったのだと今更気付くと、これから先どうすればいいのか不安で、嗚咽が止まらなかった。

二週間が経ち、退院前夜には夢を見た。真っ暗闇の中で一人、ピアノを弾いていた。そのピアノの弦はなぜか、炭素鋼の金属線ではなく、光る蜘蛛の糸でできていた。演奏の途中で糸は次々と切れ、九十九はピアノもろとも、大きく口を開けた地獄へと吸い込まれていった。「あーっ、助けて！」大声で叫ぶ自分の声で目が覚めた。顔も背中も汗でびっしょりだった。今の夢は、あの『蜘蛛の糸』の物語と何か関係があるのだろうか。そう思ったが、翌日、両親が来て退院する時には、夢の話は言わずにおいた。

四カ月後の来春の卒業式までには、ギプスは外れるという。三角巾で首から吊ったギプスの先から、白くて長い指が所在なくのぞいていた。この五本の指は、二度と自由に鍵盤の上を踊り回ることはない。ピアニスト影山九十九は二十二歳で死んだのだ。しかし、九十九は、いまだにあの一瞬の出来事が現実に起きたとは信じられず、胡蝶の夢の中を彷徨っていた。

いつの間にか、紋白蝶が黄色いタンポポの小径を飛び交う季節がやってきた。九十九は芸大を卒業し、浜松のピアノ工場に就職した。社員食堂のテーブルの上には職場の先輩、竹中浩三《たけなかこうぞう》が広げた新聞に「哲学者の寂しい孤独死」の見出しが躍っていた。ITエンジニアが妻の早世を機に、人生の「生と死」を問う旅に出て、最期は四畳半の書斎で机に頭を垂れて亡くなっていたという。

「哲学者の孤独死ね。何か、絵になるよなあ。九十九、そう思わないか」

竹中からそう言われ、九十九は手渡された新聞に目を走らせた。そこには一九九五年の阪神・淡路大震災後に孤独死が社会問題となり、今では都会の若者の自殺やセルフ・ネグレクトによる孤立死が、社会の病巣であると仰々しく書かれていた。

九十九は孤独死より、哲学的発想の「輪廻転生」に目を奪われた。それによると、死は終わりであり、始まりであった。人間は車輪が回るが如く、何度も生まれ変わっては生命の無限の転生を繰り返す。その道は生まれる前から存在し「因果の小車」と呼ばれ、ハイウェイに似ていた。人はそこに降り立ち、肉体という車に乗って走り続ける。途中で燃料切れや事故で離脱することもある。それでも人は生まれ変わり、再びハイウェイに戻って、別の車で走り続けるという。

# 第二章　祖父母の夢

早いもので、九十九がピアノ工場で働き出して三年目を迎えていた。浜松の安アパートに引っ越し、初めての一人暮らしにもすっかり馴染み、外連味のない第二の人生を送っていた。バイク事故で痛めた右腕は日常生活には支障がないまでに回復していた。しかし、夢を再び追いかけるには手首と肘の関節がぎこちなく、しなやかな演奏は無理だった。プロのピアニストは諦めるしかなく、ピアノを作る側に回っていた。

だが、ベッドに横たわり、目を閉じると白と黒の鍵盤がいつも現れた。頭の中では知らないうちに、大観衆を前にピアノを一心不乱に弾いていた。

ショパンは、メランコリックな抒情詩のような「ノクターン第二番」に始まり「雨だれ」「幻想即興曲」「英雄ポロネーズ」と名曲を紡いで、アンコールは美しい旋律の「別れの曲」と決めていた。得意のチャイコフスキーは「白鳥の湖」「眠れる森の美女」「くるみ割り人形」の三大バレエ曲に続き、ロシアの春夏秋冬と人々の生活を描いた「四季」を奏でた。だが「ピアノ協奏曲第一番」に移ると、痛めた右腕が、冒頭の和音で鍵盤から滑り落ちるのだった。

頭の中だけでは満足できず、町中《まちなか》で楽器店を見かけると立ち寄り、ピアノを実際に弾いてみたこともあった。工場では決して試奏で右手を使うことはなかった。しかし、誰も見ていない一人だけになると、そっと右手を鍵盤の上で走らせてみたくなった。もちろん、思い描くような演奏はできない。左手と合わせると、テンポが合わず、左右のタッチの差もあり、余計にミスが目立った。それでも、九十九は「練習すれば、元に戻るかも知れない」と希望の光を探そうとするのだった。

ピアノに覆いかぶさり、両手を広げると鍵盤の端から端まで楽々と届いた。これまで、この両手を広げた範囲が、自分が住む世界だと思ってきた。鍵盤は全部で八十八鍵。大きなピアノも小さなピアノもない。この八十八鍵の中で音楽は生まれ、躍動し、完結した。それがピアノを作る側になって、初めてもっと大きなピアノがあって鍵盤が百も二百もあったら、どれほど素晴らしい音の世界が広がるかと想像するようになった。

竹中にその話をすると、倉庫に連れて行かれた。そこにはいろんなピアノが保管されており、一番奥の白い布をめくると、少し大きめのピアノが現れた。気品に溢れたベーゼンドルファー290インペリアルだった。全八オクターブ、最低音を九鍵拡張した九十七鍵のモデルだった。

そもそも九十七鍵のピアノが作られたきっかけは、イタリアの作曲家のブゾーニが、J・S・バッハのオルガン曲を編曲する際、低音部に八十八鍵では出せない音があったためだと竹中は説明した。

しかし、一部を除き、ピアノは時代を超えて八十八鍵を守ってきた。その理由は科学的な裏付けによるものだった。人間の可聴範囲は周波数で言えば低音が二十ヘルツ、高音は二万ヘルツで、音を聴き分けるとなると高音部は四千ヘルツまでとされた。その全音域をカバーするのに必要なのが八十八個の音だった。鍵盤を増やせば、低音はゴロゴロと唸り、高音はキーンと耳障りなノイズ音に化けた。九十九は竹中の説明を聞きながら、力が抜けていくのを感じた。だが、諦めたわけではなかった。

偶然目にした外国の論文に、万物は振動するとあった。地球上の全ての物質は原子でできており、原子は特定の周波数で振動し、互いに共振すると書いてあった。人間の体も例外ではなく、健康な人は六十二メガヘルツから七十八メガヘルツで振動し、五十八メガヘルツ以下になると病気になるという。一メガヘルツは百万ヘルツのことだった。

もちろん、人が自分の振動音を聞くことはない。耳に聞こえない音は超音波と呼ばれた。九十九は、この七十メガヘルツ付近の周波数で音楽をつくれば、人体と共振して気分が高揚するのではないかと考えた。高音になればなるほど、弦は短く、大きな装置は必要ない。ピアノ線を短く切り、硬く強く張ることで鍵盤と結びつけ、音階を超音波で弾く工夫をした。もちろん、耳には何も聞こえないので、周波数測定器で確認した。本当に五十メガヘルツ以下なら不快になり、七十メガヘルツ付近なら元気になるのだろうか。九十九はあれこれ試しているうちに突然意識を失い、床に崩れ落ちた。

＊

梅雨の長雨が上がり、珍しく秋空のような雲一つない蒼天が朝からのぞいていた。影山立子《りっこ》は縁側の下に入れた駒下駄を取り出し、猫の額ほどの庭に出て、空を見上げてぐるぐると同じ場所で回っていた。

「うわぁ、やっぱり青空って気持ちがいいわね。何だか心が洗われるわ」

駒下駄の二枚歯がぬかるんだ地面に歯を立て、同心円状に乱雑な幾何学模様を描いた。

夫の龍之介《りゅうのすけ》は縁側にエンジ色の座布団を敷き、足の爪を切っていた。歩き方のバランスが悪いのか、左の親指がいつも巻き爪になる。爪切りでパチンパチンと音を鳴らし、横に置いた新聞紙に切り取った三日月の爪を集めた。意味もないのにその残骸を覗き込んではふんふんと頷いた。

「ちょっと切りすぎたかな」小さい声で呟いたが、庭先の立子から「深爪は駄目よ。余計に巻き爪になって、また痛いって言うんだから」と注意された。

昔はこの庭はもう少し広くて庭池もあった。鯉を飼うのが面倒で埋めてしまい、半分は車のガレージにした。庭池があったのは丸い笠の雪見灯籠と苔石の蹲踞《つくばい》から見て取れた。今ではこのスペースは立子の格好の洗濯物干し場となり、白いシーツや衣類が風で踊った。

龍之介は、蹲踞の手水鉢と灯籠の間に蜘蛛の巣を見つけ、真珠のような面映ゆい光を放つ雨の雫に心を囚われた。何かの呻き声が聞こえたような気がした。蜘蛛の巣は風に吹かれ、今にもどこかへ飛んでいきそうだった。声は背伸びするように大きくなり、内容が聞き取れるほどになった。

「立子、ちょっと来てごらん。蜘蛛の巣から人の声がするよ」

龍之介は手招きして立子を呼んだが、目と耳は声のする蜘蛛の巣の方に釘付けになったままだった。

「何です。蜘蛛の巣がどうかしたの」

立子が、白いエプロンに何か虫でも付いたのか、振り払う仕草をしながら縁側に戻ってきた。

「何です。蜘蛛がどうしたとか。嫌いな女郎蜘蛛でもいたんですか」

「いや、そうじゃない。ほれ、そこに蜘蛛の巣があるだろう。じっと耳を澄ましてごらん。なぜか、人の呻き声が聞こえてくるんだよ。ほら、お前もここに腰掛けてごらん」

「…………」

「…………」

「私には、何も聞こえませんけど」

「ほら、また呻き声がした。ひどく苦しんでいるようだ。まるで人があの蜘蛛の巣に引っ掛かって、蜘蛛に食べられる恐怖から助けを求めているようだ。断末魔の叫び声にも聞こえるが、あれがお前には聞こえないのか」

「ええ、何一つ聞こえませんね。あなたの話を聞いていると、まるで芥川龍之介の『蜘蛛の巣』を思い出しますよ。あの糸に人がぶら下がっているんでしょう。ほら、風で今にも切れそうじゃないですか」

「『蜘蛛の巣』じゃない。『蜘蛛の糸』だ」

「蜘蛛が嫌いだから、蜘蛛の巣を見ると、自分があの巣に捕まった気がするんじゃないですか。もう見るのはやめたらどうです」

龍之介は、妻の言い分にも一理あると思った。女郎蜘蛛はどこにいるのだろうかと辺りを見回したが、どこにも女郎蜘蛛は見当たらなかった。代わりに、蛾の羽のようなものが蜘蛛の糸でぐるぐる巻きにされていた。それは随分前に死んだようで干からびて見えた。

＊

九十九は、竹中に体を揺すられ、目を覚ました。いつの間にか床に倒れ、夢を見ていた。夢はなぜかはっきりと記憶に残っていた。それは懐かしくもあり、自分が体験した思い出のような感じさえした。

夢に出てきた夫婦に見覚えはあった。自分の祖父母だとすぐに分かった。まだ二人とも若く、三十歳ぐらいであろうか。祖父は、父が生まれる前に亡くなった。だから九十九は、そんな若い頃の二人を写真でしか知らなかった。それなのに、どうしてそんな夢を見たのだろうかと、とろんとした目をぱちつかせながら、竹中の顔を見た。

「おい、大丈夫か。寝るなら工場の床じゃなく、自分の部屋にしろ。睡眠不足のようだから、今夜の作業は先に上がっていいぞ」

「竹中先輩、俺、どうしたんですかね」

「どうしたかって言われても……。さっきまで超音波の話をしていて、俺がトイレに行って戻って来たら、そこの床で寝ていたんだ。ほんの二、三分のことだけど、最初は俺も何かあったのかとびっくりしたよ。でも、寝息をかいていたから、横になってそのまま眠っちまったんだろうと思ったよ」

こんなことは初めてだった。九十九の意識は、まだ宙を彷徨っていて、生欠伸も出た。

「先輩、すみませんが、じゃあ、お言葉に甘えて今日は先に帰ります」

九十九がアパートに戻り、時計を見ると午後十時だった。夕食は夜の作業前に済ませていたので、今夜は風呂には入らず、着替えてさっさと布団に潜り込んだ。

睡魔がすぐに襲ってきた。気が付くと、そこには再び祖父の龍之介の姿があった。

＊

龍之介は、出版社の総務部長になってまだ半年足らずだった。会社は一九七〇年代のオイルショックで危機に直面していた。用紙不足と価格の急騰で、雑誌は減ページや紙質を落として値上げを断行。書籍も紙の手配に苦労した。文庫本ブームが巻き起こったお陰で、会社は何とか立て直せたが、新しい電子化の波もそこまで来ていて、総務部長としては資金繰りのことで頭が痛かった。

「『輪廻のピアノ』じゃ駄目だ。もっと売れる作品はないのか」

今日も五階のフロアに編集部長、山本茂《やまもとしげる》のひび割れた怒鳴り声が響き、スタッフにゲキが飛んだ。龍之介は、発売されたばかりの名刺型電卓をいじっていて、思わず「えっ」と絶句してしまった。最初は入力ミスだと思った。だが、二度三度とやり直し、それが間違いではないと分かると、全身に悪寒が走るのを覚えた。

会社は今年度の決算で創立以来、初めて赤字を計上する。しかも来年度は六億円もの巨額な負債を抱える。一九六八年に現金輸送車を襲った三億円強奪事件から十年が過ぎたところだった。白バイ警察官に扮した犯人のモンタージュ写真や奪われた銀色に光る三個のジュラルミンケースは、龍之介だけでなく、国民の脳裏に生々しく刻まれた。六億といえば、あの二倍の金額。そんな法外な負債が自分たちに発生するとは、にわかに信じ難かった。

龍之介は苦々しい顔で椅子から立ち上がり、社長室へと向かった。生憎と社長の津田清吉《つだせいきち》はゴルフの接待で外出中だった。「こんな大事な時にゴルフか」龍之介は余計に苛立ち、不機嫌になった。

出版社は常に在庫を抱えている。本を寝かせておくだけでも、倉庫の賃借料など管理費は嵩んだ。来年は五年ぶりの契約更新で、物価上昇分と合わせ、かなりの負担となった。火事などを考慮して、数千万冊の在庫を十カ所に分散させていたのも負担が大きくなる原因だった。前任者からの引き継ぎはなかった。非は自分だけのものではない。しかし、龍之介は、責任を問われるのは、やはり自分だと思うとやり切れないものを感じた。

今日は金曜で、報告は早い方がいいと思った。それで「本日夜、ご相談があって伺います」

と社長宅に連絡を入れた。額に冷や汗がにじんだ。居たたまれず、会社の外へ気分転換に出た。足は駅へと向かったが、行く当てもなく駅で踵を返し、会社に引き返した。

歯がみがすぎて、唇から出血した。口の中が鉄を舐めたように生臭くなり、うがいをしようと喫茶店に入った。トイレの鏡の前に立つと、薄汚れた壁の中に鼠色のくたびれた背広を着た男が現れた。男は憔悴し切った顔でこちらを見ていた。あまりに変な顔だったので可笑しくて笑うと男も笑った。笑い方がげびていたので、今度は睨み返すと、男の顔が少しはましになった。

龍之介は総務部長の任を、几帳面で冷静な仕事ぶりが評価されたと自負していた。それが、半年でこんなピンチに立たされるとは思ってもみなかった。誰かのせいにして、思い切りなじりたかった。きっと、俺は詰め腹を切らされてクビになる。会社のカネを横領したわけでも使い込みをしたわけでもないのに、組織の論理で責任を取らされる。妻は当惑し、泣くに違いない。いつかテレビで見たドラマが過《よぎ》り、自殺の文字が頭に浮かんだ。

「マスコミは最近のオイルショックで、サラリーマンの自殺をしばしば取り上げていた。「人間死ぬ気になれば何だってできるのにね」龍之介は妻と憫笑した。他人の不幸は蜜の味で結局は他人事だった。それが突然、自分に降りかかってきた。一気に自己憐憫に陥り、何もかもが嫌になった。

喫茶店から会社までは目と鼻の先だった。暗澹たる思いが、龍之介をどんどん深みへと誘い込んだ。擦れ違う無機質な黒っぽい背広の人波が、自分の葬儀の参列者に思えた。他人の笑顔ほど不愉快なものはないと嫌気が差した。

会社に戻ると、社長からのメモがあった。

「六時半に来るように」

龍之介は背広の内ポケットに辞表を忍ばせ、社長の津田が住む南麻布へと向かった。

津田は珍しくご機嫌だった。ゴルフで好スコアが出て、得意先のライバルを負かしたという。アルコールも程よく入り、顔が上気していた。

「さあ、影山君、上がってくれ。食事を一緒にどうだ」

陽子《ようこ》夫人を紹介され、三人で食事をした。野菜中心の凝った前菜に、高級そうなステーキとワイン。いつもなら、美味しいと感じたに違いない。しかし、龍之介にそんな余裕などなく、どれを食べても味がぼやけ、同じに思えた。

「どうだ、美味いだろう。妻は昔、フランス料理店でシェフをしていた。たまたまその店に入ったのがきっかけで、知り合ったんだ」

得意気に話す津田の隣で、陽子は「随分と前のことですわ」と照れ、口元に手を当てて笑った。龍之介は最近読んだ雑誌の「口に手を当てて笑う人の心理」のコラムを思い出していた。秘密主義、人との関係に壁をつくる性格、恋愛に対して冷めた価値観……。二人の恋愛は、開けっぴろげに笑い飛ばす社長が、ブルドーザーのように押しの一手で攻めたのだろうなと思った。

食後のコーヒーは書斎で津田と二人だけで飲んだ。気が重くて、用件は週明けに先延ばしにしようと考えていた矢先「会社が潰れるかも知れないという話だろう」と言われた。

「ご存知だったんですか」

「まあ、これでも俺は社長だからな。君からの急な連絡を受け、金のことだと思い、すぐに知り合いの会計士に調べさせたよ。優秀な会計士だ。これまでに何度もピンチを救ってくれた。その男も初めて気が付いたと言っていたよ。倉庫の件だな」

龍之介は呆気に取られ、言葉が出なかった。社長は何もかも知っていて、自分を自宅に招いたのだと観念した。

「具体的な数字はこの書類に書きました。今年度の会計で我が社は初めて赤字決算となります。来年度はこのままだと六億円の負債を抱えます。倉庫の賃借料の値上げが更新料にも跳ね上がり、在庫を十カ所に分散管理しているのが、逆に重荷となりました。物価の高騰は誰のせいでもありませんが、会社への影響を見抜けなかったのは私の落ち度で、進退伺も持って来ました」

「進退伺だって？　何を馬鹿なことを言っているんだ。君はこの件に関しては、発見者であり、功労者だ。さあ、これは仕舞い給え」

津田はあっさりと薄っぺらな封筒を突き返した。龍之介は顔には出さなかったが、安堵した。報告を終えたことで、この件は自分の手を離れたと肩の荷が下りた気分だった。何より、進退伺を突き返され、クビは免れた。津田は明日、会計士と善後策を協議するという。「他言無用」とだけ念押しされた。

週明けの仕事は、在庫管理の見直しから始まった。本を売る商売をしながら、在庫にこれほど気を配らないといけないとは思ってもみなかった。いっそのこと倉庫を自前で建ててしまった方が安いのではと思った。そうだ、その手があった。郊外の安い土地に倉庫を建てる。一カ所五千万円として六カ所で三億円。維持費は掛かるが、自前なら更新料はない。初年度の赤字だけで対外的にも面目は立つ。銀行も金を貸すだろうと予測ができた。

龍之介はすぐ社長室へと向かった。ドアをノックすると、中から顔を出したのが菅野太郎《すがのたろう》という例の会計士だった。菅野も同じ考えで津田と打ち合わせをしている最中だった。津田は龍之介の報告を聞き、何度も頷いた。そして、菅野に向かって目配せした。

「郊外に一つ五千万円で六カ所の自前倉庫。どうだ、太郎。優秀な男だろう。影山君、君もそこに座り給え。君は会社経営に興味はないか。社長直轄の相談役になり、太郎と二人で支えてくれないか。給料は役員と同じだけ出そう」

津田の話は続いたが、途中で菅野が「じゃあ、私はこれで」と席を立った。龍之介は菅野の考えも聞きたかったので面食らった。

「あのこともよろしくな、太郎」津田は意味深な目付きで菅野を送り出した。

「どうだ、影山君。君も優秀だが、先を越された感想は。これが太郎の案だ」

龍之介は、二枚の書類を覗き込んだ。菅野は倉庫を五カ所に減らし、銀行から融資を受けやすくしていた。キャッシュフローに加え、現状との対比表も付けてあった。龍之介は、なぜ彼がそこまで社内事情に詳しいのか疑問に思った。公表していない会社の裏資金のことや取引銀行との融資金利にまで踏み込み、会社の経営が丸裸にされていた。

「社長、菅野さんとは一体、どんなご関係ですか。あの方はウチの会社に少々詳しすぎます」

津田は龍之介の率直な物言いに高笑いした。

「あいつは、姓は違うが俺の弟だ。両親が結婚する際、母方の実家に嫡男がいなくて、二人目の子供が姓を継ぐ約束だったんだ」

「社長にそんなご事情が。それで信頼して数字を全部お渡ししているのですね」

「まあ、そういうことだ。あいつは俺がいくら貯金をしているかも知っている。今、財布の中にいくら入っているかは知らないがな。それは俺もよく知らない」

そう言うと、津田は再び野太い笑い声を上げた。

それから一週間して、菅野から電話があった。急だが、今晩会って食事をしたいという。午後六時、銀座の料亭だった。料亭はビルごと菅野の持ち物だった。

政治家と付き合うと面白いことがあり、その一つは「金を使うところがないか」と相談されること。菅野はそれならと人目を気にせず、くつろげる場所としてこのビルを建てたと話した。十階建てで外観は倉庫に似ていた。プライベートを最重視し、各フロアに一つずつ料亭と日本庭園があり、それぞれ専用エレベーターと駐車場を完備していた。それでいて、料金設定は一般的だった。顧客にはビル建設でかなりの協力をしてもらったのだという。

菅野は一息つき、本題に入った。

「今日、お話ししたかったのは、会社の資金繰りのことです。影山さんは、サラ金を利用された経験はおありですか」

「いいえ。幸いにもそちらの方面とは、まだ縁がありません」

「実は会社のために、サラ金を回って資金集めをしていただきたいのです。銀行だと全て取引記録が残ります。しかし、彼らは口が堅い上に二重帳簿で誤魔化します。私がご紹介するサラ金業者は、絶対に話が表に出てきません。それで三億円を借り集めて欲しいのです」

「でも、サラ金だと金利だけでも、すごい金額になりますよ」

「ええ、分かっています。話は既についていて、政治家にも協力してもらいます。表に出せない金のため、ここから先のことは、影山さんは知らない方がいいと思います。とにかく、リストを作りましたので、明日からサラ金の各支店を、指定の期日・時間に訪れ、一支店当たり三千万円ずつ回収して欲しいのです。そして、お金は自宅で保管しておいてください」

「自宅って、泥棒に入られたらどうするんですか。とても弁償なんかできませんよ」

「ええ、それもご心配なく。金の運搬には電車を使ってください。約束ですよ。タクシー、マイカーは駄目。どんな記録が残るか分かりませんからね」

「電車で、私一人でそんな大金を運ぶのですか。もし誰かに狙われたらどうするんですか」

「案外、影山さんは心配性なんですね。盗まれたら、その時は被害届を出します。サラ金に借りた証拠があるわけですから。まあ、安心してください。盗まれたからといって、影山さんを殺したりはしませんよ」

龍之介は、菅野のニヤッと笑った冷たい顔を見逃さなかった。菅野が自分でやらない理由は、龍之介だと何かあっても出版社の社員が襲われたと警察に被害届を出しやすいからだという。

しかし、大金を電車で運ぶ人間がどこにいるだろうか。警察が不審に思わないとも限らなかった。もちろん、そんなことは明哲な菅野なら見落とすはずがない。だから、龍之介はあえて質問はしなかった。

「ああ、それともう一つ言い忘れていました。もし影山さんが強盗に遭ったり、自宅に泥棒が入って怪我をされたり、殺されたりしても、それなりの見舞金が出る保険に入っていますからご心配なく。奥様が生活には困らない金額が出ることになります。奥様にもその点をご説明しておいてください。逆に奥様が殺された場合も同額が支払われます。金額は一億円程度と思ってください」

菅野はそう言い終わると、さっさと部屋を出て行った。一人で食べる食事は味気なかったが、次々と運ばれてくる料理はとても豪勢なものだった。

龍之介は自宅に帰り、妻にこのことを話すかどうかで迷った。見慣れないバッグを毎日一個ずつ持ち帰り、それが部屋に並ぶのを不審がらない者はまずいない。ましてや、三億円もの大金だと知ると「これを持って逃げましょう」と妻は言いかねない女だった。

その夜、龍之介はほとんど眠れなかった。鞄一個が三千万円。妻が知ったら、恐らく鞄の前に正座し、微動だにせずに見張るに違いなかった。外出どころか、家の中でトイレに行くのにも鞄を離さないだろう。それが十個、いや三億円となると、妻がどんな行動に出るか、龍之介には全く想像がつかなかった。

やはり駄目だ。妻に三億円の話をするなんてとてもできない。龍之介は、妻だけでなく、自分も眠ることができず、正気でいられなくなるかも知れないと思った。

目覚まし時計を見ると、午前五時を回っていた。起床はいつも七時と決めている。だが、目が冴えてどうしようもなく、布団の中で無理やり瞼を閉じたが、余計に妄想が広がり、疲れがどっと押し寄せてきた。

最初のサラ金は四谷支店だった。初めて入る店内は、銀行と変わりなく、若い女性スタッフが窓口に座っていた。

「山ノ手出版の影山と申します」

指定された午前十時に窓口で名刺を差し出すと、菅野が言う通り、話は通っていた。後ろの支店長らしき男が立ち上がり「こちらへどうぞ」と別室に案内してくれた。男は一旦部屋を出て、バッグを手に戻って来た。「では、よろしくお願いします。名刺はお返しします」と言って、裏口に案内された。

支店は四ツ谷駅からすぐそこの距離にあり、バッグを抱えるようにして小走りで駅改札口に駆け込んだ。あらかじめ切符は買っていたので、そのまま構内に走り込み、待っていた総武線に飛び乗った。代々木駅で山手線に乗り換え、目黒駅を目指す。金を受け取ってから目黒駅まででわずか二十分の仕事だった。

龍之介は電車の中で周囲を警戒した。卓球のラリーを最前列で観戦するように、激しい速さで両目を左右に動かした。睡眠不足で充血した目がちぎれそうだった。ネクタイがきつく首に食い込み、喉が妙に渇いた。

目黒駅に着いた時には、背中は大汗でワイシャツが張り付いていた。目黒駅から自宅までの道中も油断せず、自宅を五十メートルほど通り過ぎてから尾行がいないか確認の連続だった。不審者がいないと分かると、足早に自宅に取って返し、玄関のドアを素早く開けて体を滑り込ませた。二カ所の鍵を掛け、覗き穴から外を暫くじっと見守った。胸元ではバッグが潰れかけていた。

不意に、背後から「あなた」と呼ばれ、龍之介は飛び上がってその場に尻餅をついた。

「…………」

「あなた、大丈夫。そんなに驚いて」

「おい、脅かすな。心臓が止まるかと思っただろ」

龍之介の心臓は止まるどころか、早鐘を暫くは打ち続けていた。

翌日からはジーパンにセーター、その上から厚手のコートを着て龍之介は出かけた。二日目は新宿支店だった。目黒駅の売店で週刊誌を買い、新宿駅で電車を降りると、三十分ほど喫茶店で時間を潰してから支店に入った。中は昨日の四谷支店より窓口の数が多かった。真っ赤な口紅を塗った年配の女性スタッフに名刺を差し出すと、支店長らしい男がやってきて、すぐ奥の個室に連れて行かれた。黒い鞄を差し出され「よろしくお願いします。名刺はお返しします」と、まるで昨日のデジャビュのようだった。

裏口から出て、新宿駅まで徒歩二分。さらに電車に乗って自宅まで二十五分かかった。後ろめたい理由は何もないのに、警察に追われる強盗犯になった気分だった。浅い呼吸を繰り返し、何度も唾を飲み込んだ。自宅手前で、コンクリート塀の陰から突然自転車が飛び出してきた時は、心臓が潰れるかと思った。あまりにも唐突だったので、暫く動くこともできず、片膝に手をつき、息を整えた。

妻の立子には前夜、全てを話した。バッグの金を見せると「ねえ、ちょっと私の頬を抓《つね》ってちょうだい」と言われた。少し強めだったので妻は「痛い」と言って龍之介の手を撥ね除け、赤くなった左頬をうれしそうに擦った。

「ねえ、数えていい」

上目遣いに尋ねられ、龍之介は、まじまじと妻の顔を見返した。そこにはうれしそうに、無邪気に目を輝かせた少女のような顔があった。龍之介が頷く前に、妻の手は札束へと伸び、帯封が取れないように慎重に一枚ずつ声を出して数え始めた。

「おい、本当に全部数えるつもりか」

「当たり前よ。どうせ今夜は眠れそうにないし、見張らなきゃいけないでしょう。それに後でお金が足りないと言われたら、困るじゃない。一万円札を数えるなんて、サラリーマンの妻としては夢があるわ」

そう言うと、立子はゆっくりと小声で幸せそうにカウントを続けた。

龍之介は「五十分だ」と言った。

「えっ、何が五十分なの」

立子は八十枚まで数えた指を百万円の札束の間に差し込んだまま、生返事をした。

「だから、一枚数えるのに一秒だとすると、三千枚で五十分かかると言っているんだ」

「えっ、たったの五十分で終わるの？　そんなにすぐ？　それじゃあ、夢がなさすぎて、あんまりだわ。じゃあ、もっとゆっくり味わって数えないといけないわね」

結局、立子は二度数え、ちゃんと三千万円あることを確認するとさっさと寝てしまった。一億円になったら、徹夜してもう一度数え直すと目を輝かせていた。人生で味わったことのない至福の時を満喫したいと張り切っていた。

三日目は原宿支店、四日目は渋谷支店。龍之介は、山手線を時計と反対回りに進み、恵比寿、品川、田町、神田、秋葉原の各支店を順番に電車で集金して回った。不思議なもので、途中からは龍之介もそれなりの慣れと余裕が出てきた。ヒューマンウオッチングというのだろうか、人間観察からそれなりに他人の行動が読めるようになってきた。

七日目は電車の中で、札束をばらまくシーンを想像してみた。車内は狂喜乱舞し、隣の車両からも乗客がどっと押し寄せて来た。目の前のサラリーマンは、隣の学生をはじき飛ばして揉み合いを始め、ツンと澄ました毛皮のコートの婦人もこめかみに青筋を立て、宙に舞う紙幣に襲いかかった。若い母親はベビーカーが横倒しになって赤ん坊が飛び出すのも気にせず、床に散らばった一万円札を両手で掻き寄せた。床に落ちた一万円札の上に倒れ込む老人。そのうち、金をばらまく男に気付いた若いカップルが、バッグをひったくろうとして、殴り合いになる。龍之介は顔面にパンチを食らい、気を失うシーンを思い描き、冷笑ではなく自嘲の笑いが込み上げてきた。

自宅の八畳間の寝室には二億七千万円が集まった。立子が黒いバッグの山を見て「お願いがあるの」と言った。龍之介はまさか「この金を持って一緒に逃げてくれ」と言い出すのではないかと身構えた。だが妻はそこまでの悪人ではなく「三億円がそろったら、畳の上に敷き詰めて記念撮影がしたい」とねだった。

「そんなことお安いご用だ」龍之介はそう言おうとして、菅野の言葉を思い出した。

「立子、残念だけど、それはできないんだ。駄目なんだよ」

「えっ、何で」

「記録に残しちゃ、いけないことになっている」

妻は「そんなぁ」と大きな溜息をつき、しなびた顔をこちらに向けた。

龍之介は拙いと思った。人間観察の成果から、妻が泣き出すとすぐに分かった。

そこで仕方なく「一枚だけだぞ。写真は絶対他人には見せちゃ駄目だぞ」と言ってしまった。

完全犯罪は蟻の穴から崩れ去る。言ってしまったものを、慌ててかき集めて、口の中に戻すことはもうできなかった。

最終日の十日目は雨だった。傘を差すと、片手が取られる。傘で他人の表情や行動も遮られ、疎ましく思った。それでも、今日で最後だと思うと、心の底から力が漲った。

目的地は巣鴨だった。自宅から目黒駅に向かう道すがら、商店街が昨日までのクリスマス商戦から一夜にして正月モードに切り替わっていることに気が付いた。龍之介は、今年は我が家にクリスマスはなかったなと思った。降って湧いた重大任務で、妻へのクリスマスプレゼントを買うことも忘れていた。

巣鴨の支店は駅からでもオレンジ色の大きな看板が見えていた。入り口は人目を考慮してか、路地を入った横丁にあった。自動ドアが開くと、ここの窓口にも女性スタッフがずらりと並んでいた。龍之介が窓口で名前を告げると、血色のいい中年男が現れ、大きな革張りのソファを置いた部屋に通された。

「菅野さまの件ですね」そう言って初めて名刺をもらった。「巣鴨支店長　遠山恒三《とおやまこうぞう》」と印刷されていた。龍之介が名刺を出そうとすると「それは結構です」と断られた。

「お約束のお金です」ちらっと中を見せられ、バッグのチャックがすぐ閉められた。最初は龍之介も「お金を数えなくて大丈夫ですか」と尋ねていたが、途中から相手を信用し、中も見ずにバッグだけを持ち帰っていた。

駅向こうの喫茶店で一時間潰した。そして、それから電車に乗った。手順に慣れたとはいっても、こんな仕事に慣れたいとは思わなかった。それでも最後ともなれば、何がしかの感慨が胸にじんわりと込み上げてきた。

自宅に無事着き、妻の顔を見て無性に涙が出た。

「やっと終わった。これで十個目だ」

立子は早速、お約束の記念撮影に取り掛かった。聖徳太子の一万円札が三万枚。バッグから二人で百万円の札束を取り出すと、あれこれ想像した。一万円札は縦八十四ミリ、横百七十四ミリの大きさだった。一枚ずつ横に並べると五・二キロ余りの長さになり、山手線だと一周三十四・五キロで、東京駅から外回りで田町駅を過ぎた辺りの長さとなった。積み上げると百万円が約一センチだから三メートルの高さ。四角い塊だと、四十二センチ×三十四・八センチ×三十センチの立方体で、スーツケース一個分の大きさ。重量は約三十キロであった。

　立子は、三億円事件のジュラルミンケース三個分を想像していたので、予想よりはるかに小さくて、拍子抜けした。それでも気を取り直し、二人で札束の後ろに正座して記念撮影した。龍之介は絶対誰にも見せたり言ったりしないようにと、もう一度念押しした。

　翌日朝、菅野から電話が入り、例の銀座の料亭に夕方、金を届けるように指示された。龍之介は適当な大きさのスーツケースを買って、三億円を一つにまとめた。これを電車で運ぶのはさすがに菅野も心配だったのか、今度は「タクシーで構わないから」と言われ、龍之介も留飲を下げた。

　料亭ではまた豪華な料理が出た。菅野は金を受け取るとさっさと退席したので、龍之介はまた一人だけの食事となった。この半月余りのことを振り返っていると、豪華な料理が自分とはあまりにも現実離れしていて、食べる気がせず、途中で帰ることにした。

　目黒の家に戻ると、寝室の真ん中には立子がぽつんと座っていた。わずか十日間だったが、そこには大切な宝物があった。その宝物がなくなり、立子は胸にぽっかりと大きな穴が空いた気分だった。

「ついに行っちゃったわね、三億円」

「ああ、行っちゃったな。でも、あれは最初からウチの物じゃなかったからね」

「でも、ここにあったわ」

「そう、確かにここにあった」

龍之介はやおら立ち上がって押し入れを物色し始めた。

「どうかしたの」

「いや、一億円とは言わない。どこかに百万円の札束でも一つ落ちていないかなと思って。立子、つい出来心で一つだけ懐に入れたということはないよな」

「悪い冗談はやめて。でも、私、何か、宝物が急に欲しくなったわ」

立子は畳の目に右手を這わせ、しみじみと語った。

それから一カ月は何事もなく過ぎた。

珍しく社長の津田から呼び出しがあって、龍之介は早朝のゴルフ場に出向いた。選挙コンサルタントをしている長谷川剛《はせがわつよし》という老紳士を紹介された。現内閣のアドバイザーで「今度の衆院選ではお世話になりました」と礼を言われた。

龍之介が理解できずにきょとんとしていると、長谷川が苦笑いした。

「津田さん、彼にはまだ何も話していないのかね」

「まあ、言わぬが花、知らぬが仏でしょう」

津田の哄笑につられて長谷川も笑った。

龍之介が三億円との関係に気付いたのは少し時間が経ってからで、二人は既にティーショットを打ち終え、一番グリーンへとカートで向かっていた。一体、あの金がいくらの選挙資金に化けたのだろうか。しかし、そんなことは龍之介にとってはどうでもいいことだった。

よくハコモノと言われる公共事業が行政主導で行われる。ウチの倉庫に限って言えば、それは関係ないと思われた。しかし、倉庫の隣が自治体の多目的施設の建設地になっていたことを思い出し、龍之介は「なるほど」と思った。資材の共有や運搬の相乗りをすれば、その分のコストは省ける。そういうやり方もあるのかと思うと、餅は餅屋だなと感心してしまった。

しかも、倉庫自体は内装に格段の費用を掛ける必要もない。公共施設の資材置き場として建てた倉庫をそのまま安く横流しする。いや、逆だった。もっといい方法があった。ウチが購入した土地に市が賃料を払って倉庫を建て、それを安く払い下げる。そうすれば、こちらが土地を便宜供与した形で、倉庫という生産財の提供を見返りとして受け取ることも可能だった。世の中には談合という言葉もあるが、これは完璧な癒着だった。その上、建設する施設の中には市民図書館もあり、本を安く提供し、在庫減らしにも一役買ってもらうおまけも付くのだから恐れ入った。

龍之介はそのことを菅野に尋ねた。

「私の推測ですが、図書館とセットで倉庫を建てるなんてすごい発想です。本の販売とウチの在庫整理を一遍に片付けるなんて、まさに天才的ですよ」

「ははは。気が付きましたか。やっぱり、あなたは総務部長では惜しい人材です。私たちの考えは間違っていなかった。でも、本は社長からの寄贈ですよ」

龍之介は、それが倉庫を建てる交換条件の一つかと理解した。倉庫はどうせ解体するのだ。

自治体としては土地の賃料に解体費用も浮き、ウィンウィンの関係だった。しかも倉庫は施設より先に造る必要がある。通常半年かかる工期を四カ月で済ませれば、ウチの倉庫の契約更新にも間に合う。言わば一石数鳥の密略だった。

残りの四つも似たようなものだった。小学校に福祉センター、病院。残るパチンコセンターの隣だけは意味不明だった。だが、これもサラ金業者からの安い払い下げだった。音が夜遅くまでうるさい隣の用地に、マンションや商店を建てるのは不向きと言えた。人の住まない倉庫は打って付けで、こちらも利害の一致を見た買い物だった。

五件の取引と選挙資金のつながりについては、龍之介は詮索しないことにした。危険なものに近づく必要はない。長谷川が龍之介に挨拶したのは、かまをかけて社長と菅野の口の堅さを確認したのだと後で知った。

「言わぬが花、知らぬが仏」そして「渡る世間に鬼はなし」だった。その時はもう長谷川に会うこともないと龍之介は思っていた。

三月の株主総会で倉庫五棟の建設費用は一億円で計上された。学校や図書館への物納、サラ金からの買い取りで随分と安い買い物になったのだろう。しかし妙な計算になる。サラ金の三億円は一体どこへ消えたのか。

龍之介は、あれはサラ金の金ではなく、政治資金として捻出された闇の金なのだと確信した。だから、記録に残ることはタブーで、自分はサラ金の闇献金のために運び屋をさせられた。対価は一棟二千万円の土地付き倉庫。今にして思えば、至極簡単な話だった。

株主総会では津田社長の続投支持が多数を占めた。拍手をする会場の片隅に選挙コンサルタントの長谷川の姿があった。龍之介はこっそり近づき「先日は失礼しました。お礼を言うべきところを申し訳ありませんでした」と頭を下げた。すると長谷川は「はて、あなたはどなたですかな。誰かとお間違えではないですか」と空惚《そらとぼ》けた。そして、独り言のように「言わぬが花、知らぬが仏」と呟いたので、龍之介は長谷川に聞こえるようにすかさず「渡る世間に鬼はなし」と付け加えた。長谷川はこちらを見てニヤリと笑い、姿を消した。龍之介は今度こそ、あの老人に会うことはないだろうと思った。

総会後の役員会で、龍之介は晴れて取締役に推挙された。菅野が「おめでとう」と声を掛けてくれ、龍之介は「これで社長直轄の相談役も解散ですね」と言った。菅野はニヤッと不敵な笑みを浮かべた。今の笑いは一体何なのか。龍之介は一抹の不安を覚えながらも、立子に急いで役員就任の電話を入れた。

# 第三章　ヤマブキの花

影山九十九は、暗いトンネルをくぐり、ようやく長い夢から目が覚めた。今度も夢の内容をはっきりと覚えていた。出版社の危機にサラ金と闇献金。まるで自分が祖父に成り代わったようなリアルさで、ストーリーが展開していった。何十年も過ぎ去った気がし、頭に映画『猿の惑星』が思い浮かんだ。案外、家の外に飛び出すと世界が一変していたりして？　だが、それは思い過ごしで、そんなことは何一つ起きてはいなかった。

近くのコンビニで、いつものようにサンドイッチと熱いコーヒーを買って工場へ行くと、九十九が試作中の小型ピアノを、先輩の竹中浩三が不思議そうにいじくっていた。

「これ、音が鳴らないけど、それでいいのか」

「ええ、人の耳には聞こえないんです。でも、周波数測定器にはちゃんと反応し、超音波が出ているんです」

「へえー、超音波ね。それで、これを何に使うつもりなんだ」

「まあ、口で説明するより、論より証拠っていうじゃないですか。先輩、ちょっとそこに座ってみてください」

「おい、俺が、実験台かよ」

九十九が笑った。竹中もつられて一緒に笑った。果たしてこれから何が起こるのか。本当のところは、九十九にもよく分からなかった。

「先輩、いきますよ」

「ちょっと、待った。こういうのは最初が肝心なんだ」

竹中が深呼吸をし、体勢を整えた。

九十九はリストの「愛の夢」を弾いた。超音波ピアノの二オクターブでは弾けない部分もあったが、そこは飛ばすことにした。

「先輩、どうです。何か感じましたか」

竹中は小首を傾げ、どう言えばいいか困った顔をした。九十九が一生懸命製作中のものを馬鹿にはできない。だが変化は特に感じなかった。何しろ、音は全く聞こえないのだ。無下に「何も変わったことはなかった」と全否定するのも大人気ないので「ちょっと別の曲を弾いてみてくれ」と答えた。

今度はパッヘルベルの「カノン」にモーツァルトの「トルコ行進曲」を弾き、バッハの「G線上のアリア」に入ったところで竹中の体勢がガクンと大きく前へ傾いた。

「先輩、ひどいなあ。実験中に居眠りするなんて」

「すまん、すまん。何か急に眠くなっちまって。夢の世界に引きずり込まれていくような感じだった。そろそろ仕事をするか」

「はい、実験はまた今度、時間のある時にお願いします」

竹中はその夜、不思議な夢を見た。夢を見てもすぐ忘れてしまう質《たち》だったが、なぜかこの夜の夢だけは鮮明に記憶に残った。それは、主人公の女性が自分である気がしたのと、結末があまりにも衝撃的だったためだった。

*

暮田佐和子《くれたさわこ》は第一銀行に入って七年目だった。美人で頭も切れ、才色兼備とはまさしく彼女のための言葉だった。だが、二十代前半で寿退社するのが当たり前の銀行で、三十路を迎える彼女の存在は、特異で銀行には不都合でさえあった。同性からもお局様と陰口を叩かれ、葉桜と揶揄されることもあった。佐和子はそれに対して大きなストレスを感じていた。

「なぜ女は仕事を辞め、結婚して家に入らないといけないのか？　ねえ、加奈。あんた、どう思う」

入江加奈《いりえかな》は、佐和子より四つ年下、同じ第一銀行の融資課で働いていた。ただし、働くといっても、実態はお茶汲みとコピー係のようなもので、男社会の壁にはほとほと愛想を尽かしていた。二人は金曜になると、つい仕事帰りに近くの銀座のバーに立ち寄り、カウンターに陣取っては愚痴をこぼしていた。

「加奈、ちょっと聞いてよ。私はいい人さえいれば寿退社してもいいと思うのよ。でも、ウチの男たちじゃあ、ちょっとね。将来が儚いというか、その程度の男に自分の人生を託す気にはとてもなれないわ。やっぱ、この人と思える人が現れなきゃ、駄目よね」

「その通り。よく言った、佐和子先輩。でも現実はクリスマスケーキの賞味期限を過ぎ、いつまでもそんなことばかりを言っていられないですよ。来年はとうとうあれでしょ？　年越しそばが近づいて来ているんだから」

そこへ店長兼マスターの林一男《はやしかずお》が現れた。

「おっと、これはお二人さん。また今日もやってますね。拙《まず》いところへやって来たのかな」

林は三十五歳になる。終戦を出征先の激戦地フィリピン・ルソン島で迎えた。帰国し、店を開いた当初は、客を相手に指の欠けた左手を見せ、武勇伝を語っていた。だが、今では戦争の悲惨な話は店に馴染まず、避けるようにしていた。もっぱらの会話は、この年、一九五八年にプロ野球界にデビューした巨人の長嶋茂雄とプロレス界のヒーロー、力道山であった。

「また、銀行の悪口ですか。お酒が進むから、ウチとしては歓迎ですが、お肌や財布を考えると、いい加減気をつけてくださいよ。美人のお姉さんには、もっと上品にお酒を飲んでいただきたいですからね」

「何、それ。私のこと？　私が酔っ払ってるって？　マスター、あなたは黙ってお酒を出せばいいの。どうせ部屋に帰っても話す相手もいないし、愚痴は全部ここに置いて、ピュアな心で帰ることにしてるのよ、私は」

佐和子はいつものように酔っ払い、吠えた。加奈は毎度のことで慣れっこだったが、いい加減、いい歳して、酒の飲み方ぐらい覚えて欲しいと思っていた。佐和子は飲むといつもヨレヨレ寸前だった。

「ねえ、そろそろ帰ろうよ？　愚痴は十分言ったし、もうピュアな心になったんじゃない」

「えっ、誰が、花が散って葉桜だって？　冗談じゃないわよ」

「ねえ、佐和子先輩。そろそろ帰ろうよ。タクシーで送っていくからさ」

佐和子が結婚できない理由の一つは、この酒癖の悪さであった。強そうに見えてもからきし弱く、飲むと必ず悪態をついた。かつては毎晩のようにデートに誘われていたが、いつの間にか「酒癖が悪い女」とレッテルを貼られ、同性からも敬遠されるようになった。

「マスター、聞いてんの、お代わり」

グラスを突き出し、叫ぶ佐和子を、タクシーに押し込んで連れ帰るのは、いつも加奈の役目だった。それにしても寝顔は惚れ惚れするほど美しかった。こんな寝顔を見たら、放っておく男はまずいない。しかし、それ以前に男たちは呆れ顔で逃げていった。

デートの様子を、加奈は相手の男性から聞いたことがある。酔って、いつの間にか「おい、オマエ」と顎で使われ、説教までされたという。

「それじゃあ、仕方がないわね」

ただ、そうは言っても、これだけの美人だ。店に現れると男たちは放っておかない。

「お一人ですか。ご一緒してもいいですか」

「一杯、奢りましょう。何がいいですか」

ひっきりなしに声が掛かるので、遺影写真を隣に置いて飲んだこともあった。写真の主は強面のヤクザ。週刊誌に出ていたのを切り取り、黒い額に入れた。声を掛けようとした男たちも、さすがにそれには声を失った。店ではそのうち「後家さん」の愛称がつき、効果は絶大ながら、大きなお世話だった。


「暮田君、ちょっと」

週明けに出勤すると、部長の高見孝助《たかみこうすけ》から声が掛かった。高見は女性を「さん」ではなく、必ず君付けで呼んだ。本音は佐和子の存在を疎ましく思っていたが、建前上は男女平等主義者の仮面を被っていた。

「はい、部長。何か」

「この間の企画書だが、常務が大層お気に入りでね。君と一度食事をしながら話をしたいと言うんだ。しかし、食事をしながらの打ち合わせは公私混同とも取れるが、君はどう思うかね」

「いいえ、部長。男性が上司と食事をしながら仕事の話をすることはよくあることです。私も喜んでお受けします。日時と場所を教えてください」

常務の下平静夫《しもひらしずお》と高見部長の腹の中は読めていた。どうせ、また見合いの話だと思った。これまでにも何度か同じような誘いがあり、分厚い資料持参で意気込んでいったら、二人に冷笑された。

「〇〇商事の件ですが、こちらとしては、どう処理すればよろしいでしょうか」

「君は何、馬鹿なことを言っているんだ。先方が会いたいというのは、見合いに決まっているじゃないか。向こうの御曹司が、君を見初めたということだよ」それが常務の常套句だった。

佐和子は、この手の話をきっぱり断ってきた。それでも、今頃また誘われるというのは、よっぽどのことだと思った。銀行も三十歳の女性行員を抱えることにそれほど抵抗があるのか。切羽詰まってきたということなのだろう。

日本女性の社会進出は、戦後民主主義の流れの中で大きな変化を見せていた。婦人参政権の獲得や日本国憲法の制定により、個人の尊厳や男女平等の理念が謳われる時代になった。一九五〇年に勃発した朝鮮戦争による特需で、日本は高度経済成長の波に乗った。一九五四年からの神武景気で、一九五六年の経済白書に「もはや戦後ではない」と記され、戦後復興の終了が宣言された。好景気は家計を潤し、耐久消費財ブームの訪れで白黒テレビ、洗濯機、冷蔵庫が「三種の神器」と持て囃された。家電製品の普及は家事の負担軽減を生み、労働力需要の高まりと合致して、女性の社会進出を後押しした。彼女たちは「ビジネスガール」と呼ばれたのだった。

食事会は、佐和子の予想に反し、山田商店という大手繊維会社との商談だった。同社は、綿花の輸入と綿糸・綿製品の輸出を業とした。だが、神武景気とその後の岩戸景気の狭間の「なべ底不況」で苦しんでいた。

一九五〇年代に中東やアフリカで相次ぎ油田が発見され、石油が大量に低価格で供給された。

かつて日本が世界一だった綿紡績業は、石油から製造する化学繊維に取って代わられる時代となった。山田商店は大量の在庫を抱え、多角化や海外取引拡大の失敗で経営が悪化。会社再建で第一銀行に協力を仰いだのだった。

山田商店は四千人近い従業員を抱え、リストラしか解決方法がないところまできていた。佐和子は「もう少し早ければ、別の手立てもありました。でも、ここまで来ると千人程度の人員削減はやむを得ない状況です」とはっきり述べた。

山田商店社長の寺下宗弘《てらしたむねひろ》は「従業員には家族もいる。そこを何とかできないか。土地を担保に融資は無理だろうか」と押し返した。だが、佐和子も気骨を見せた。

「既に御社の所有地の半分は担保に入っています。もし、融資して再建できなかった場合は、会社の解体となります。そのリスクを冒してまで従業員を守りたいのでしょうか」

「そうだ、どんなことをしても守りたい。社員を誰一人として切り捨てたくはない」

「そうですか。では、三年を目処にそのプランで着手したいと思います。失敗すれば、会社の倒産もあり得ることをお含み置きください。こちらからは十億円の融資を致しますが、五〇%の所有地の抵当権を主張します。銀行に戻って役員会の承認を取ります。このC案で成功した場合は五年で融資額は完済します。失敗した場合は三年後に破産法の適用という厳しい現実が待ち受けますが、よろしいのですね」

「ああ、構わん。それで行こう。君には一か八かの賭けのように見えるだろうが、私には勝算があるし、覚悟もできている」

そう言って寺下は大きく肩で息をした。

国家公務員の初任給がまだ九千二百円と、一万円を切っていた。この年の暮れには、初めて一万円札が発行され、こんな高額紙幣が必要かと物議を醸したほどだった。

佐和子はマスターの林を相手に一人で飲んでいた。役員会の承認は得たが、この話は失敗するとの確信があった。それでも社長の寺下は「勝算がある」と言い切った。強気な態度の裏には何かある。銀行としては十億円の融資をし、回収できればそれでいい。だが、佐和子の心はすっきりせず、二杯目へと手が伸びた。すると、そこへ寺下が現れた。

「こっそり、もう十億、融資してくれないか」

佐和子は闇融資の依頼に驚いた。その上、自分の取り分は二千万円と言われ、さらに目を剥いた。横領・詐欺をやれというのだ。

「冗談じゃありません」

佐和子は相手の顔を睨み付けた。

寺下は「全部は話せないが、会社の半分を売り払って、別の会社との統合を考えている。そのためにリストラもやむを得ないと決断した」と佐和子の耳元で囁いた。もちろん、内密の話だった。この話が実現すれば、佐和子を外部招聘の常務取締役として迎えたいとまで寺下は言い切った。

「そんな話。私、銀行を裏切るなんて絶対できません。仮に成功したとしても、私が大企業の役員になんか。みんなから後ろ指を指されるのが落ちです」

アルコールも入っていたので、いつも以上に正義感をかざし、けんか腰で反駁した。

「まあ、君の意見は正しいだろうな。君は一生裏切り者のレッテルを貼られるかも知れない。それでは、こう考えてみたらどうだろう。君は優秀だ。まだ先は長い。ウチの会社は君が考えた通り破産する。だが、解体前に別会社として一部が生き残る。その新会社から、手伝って欲しいと頼まれ、引き続き力を貸したというシナリオだ。君は今の銀行の中での地位には満足していないはずだ。失礼だが寿退社をせず、銀行に居残っていると風当たりも結構強いだろう。私は息子を新しい会社の社長に据えるつもりだ。息子と結婚する気はないかね。今度の週末に、一度我が家に遊びに来て欲しいと思っている」

佐和子は怒りが込み上げていた。闇融資だけでなく、結婚で自分を釣ろうというのだ。馬鹿馬鹿しい。話にならないと思った。だが口は勝手に「分かりました。少し考えさせてください」としゃべっていた。

寺下は「彼女にもう一杯、お代わりを」と言うと、支払いを済ませて店を出て行った。

「マスター、今の話を聞いた？　とうとう私も地雷原に足を踏み入れたみたいよ」

林は聞こえなかった振りをした。

「これで最後ですよ。加奈さんからあんまり飲ませるなと釘を刺されているのでね」

佐和子の前にテキーラのカクテルを置くと、素知らぬ顔で別の客の注文を取りに行った。

佐和子は内緒で十億円もの金を操作できるのだろうかと考えた。一千万円でも役員の決裁が必要なのに、十億もの金をどうやって、秘密裏に動かせというのだ。考えれば考えるほど、こめかみがキリキリ疼いてきた。

翌日、佐和子は寺下の一人息子の圭介《けいすけ》について調べてみた。年齢は佐和子より三つ上の三十二歳。東大を出て通産省から今回の山田商店の再建に加わっていた。学生時代はボート部で、かなりのイケメンだった。ただ、国が民間会社を支援する理由が佐和子には分からなかった。「まあ、会うだけ会ってみるか」まんざらでもなかった。


週末の土曜に鎌倉の寺下宅を訪ねた。昔の武家屋敷のように外塀が高く、かなりの広さだった。ドアホンで名前を告げると、家政婦が門を開け、寺下がその後ろに立っていた。

「鎌倉までわざわざ来ていただき、ありがとう。息子は所用で三十分ほど遅れます。ちょっとその辺まで散歩しませんか」

駅から十五分ほど歩いて来たのに、また歩くのかと佐和子は思った。しかし、背の高い椎の木が生い茂った散策路を歩くと、朝の空気が清々しく、黄色いハート形の葉をつけたカツラが甘い香りを匂わせ、赤く色づく紅葉で山粧《やまよそお》う秋の風情に包まれた。時折、どんぐりの実を蹴飛ばし「あっ」と声を漏らした。高台に出ると照紅葉《てりもみじ》の向こうに入り江が見えた。相模湾の遠くには、白い大きな客船が浮かんでいた。沖から由比ケ浜海岸へ向かって白い波頭が幾重にも立ち、佐和子は風になびく長い黒髪を指先でそっと押さえた。

「あなたは断るつもりで来た。銀行を裏切ることはできない。それを言いに、わざわざ鎌倉まで来た」

寺下の不躾な声が風に流され、途切れ途切れとなった。だが、佐和子は答えなかった。

「でも、鎌倉まで来たということは、少しは脈ありと思っていいのかな」

佐和子の頬が緩むと、寺下は意外なことを口にした。

「実は、この話は私ではなく、下平常務から出た話なのです。私も最初は、内緒で十億とは、一体どういう金なのかと半信半疑だった。常務によると、銀行も大蔵省の監査がうるさく、この景気の谷間で金を持て余しているという。表立って貸すのは大蔵省の目が行き届く範囲内で。しかし、ポケットマネーで貸せば、その目は行き届かない。どうせ金は金庫に眠っている。使えばいいというのが常務の考えだった。もちろん、最初から解体が決まっている会社に、銀行が二十億もの融資をするわけにはいかない。再生のための道筋をつけるための十億がやっとで、それでは正直、無駄金になることはウチもそちらも分かっていた。十億は、会社の清算用と従業員の退職金に。残りの十億はまだ形になっていない新会社の立ち上げ資金に。銀行は形になっていないものに十億もの大金は出せない。でも、常務は使えとおっしゃる。それで交換条件の一つとして、あなたのことが出た。優秀ではあるが、女性ゆえに銀行での出世は難しい。それであれば、外に出て活躍して欲しいとね。息子との結婚はどうでもいい。私があなたを気に入っただけの話だ。息子は間もなくやって来るが、見合いが嫌なら、同じ再建者の一人として会ってもらえれば結構だ」

寺下は裏事情を話してすっきりしたのか、雲外蒼天で晴れ晴れした表情を見せた。そして鎌倉にちなむ万葉集の歌を詠んだ。

ま愛しみ　さ寝に我は行く　鎌倉の　美奈の瀬川に　潮満つなむか

佐和子は何も答えなかった。咄嗟に言われ、歌の意味もよく分からなかった。寺下圭介に会うつもりで来たが、裏融資の件は断るつもりだった。しかし、裏話を聞かされ、話の行方は大きく違ってきた。

二人は高台から階段を下りると、海水浴場に出た。右手に江ノ島、その先に湘南海岸の砂防林と続いていた。相模湾は富山湾、駿河湾と並ぶ日本三大深湾の一つだった。魚の宝庫として知られ、青黒い海には五隻ほどの乗合船が出ていた。佐和子は波音の韻律を纏い、寺下の話を頭の中で反芻していた。浜辺は広くて、ほとんど気付かないほどの傾斜だった。このため、浜に立つと遠くの海が海岸よりも高く感じた。柔らかい砂地にヒールを取られながら、江ノ島へとゆっくり歩いた。すると、向こうから一艘の手漕ぎボートが現れ「佐和子さーん」と叫ぶ声がした。

佐和子はこらえ切れずに体を二つ折りにして笑った。通産省のエリート官僚といえば、体に吸い付くようなスーツ姿に高級車を想像していた。だが彼はボート部だった学生時代そのままに、ガキ大将のような潮風まみれのボサボサ頭で現れた。そのあまりに芝居掛かった演出に、佐和子は暫く騙された振りをしてみようと思った。

ボートが桟橋に着くと、白い半袖のポロシャツに茶色の短パンを穿いた男は「寺下圭介です。

初めまして」と浅黒い顔をほころばせた。佐和子が「暮田佐和子です」と名乗ると「さあ、乗って」と丸太のような両腕を突き出した。そしてサフラン色のスーツから伸びた頼りないほど細くて白い腕を掴むと、軽々と持ち上げ、ボートに下ろした。

「参ったわ。今日は私の完敗。どこへでもお付き合いするわ」

佐和子が圭介の向かいに腰を下ろすと「じゃあ、お父さん、佐和子さんを一時間借ります」と言って桟橋を離れた。圭介は「日焼けすると美人が台無しだ」と言い、袋から麦藁帽子を取り出した。

「どうです。少し江ノ島の方まで行ってみませんか。海から見る江ノ島も結構いいものですよ」

そう言って力強くオールを漕いだ。

「あなたは、いつも女性と会う時は、ボートで迎えにいらっしゃるの」

「そうですね。そこに海や川があれば、いつでもボートに乗っていきますよ」

佐和子は、初対面でこんなに気さくに笑わせてくれる人は初めてだった。まるで学生時代の恋人のような気分だった。

「通産省から出向して、お父様の仕事を手伝われているそうですね」

「ええ、つまらない仕事です。たくさんの人の悲しみがすぐそこまで来ている。こんなになるまで、なぜ放っておいたんだと怒鳴りたくなりますよ」

「同感です。それで、あなたはお父様の計画をご存知かしら。どうお思いになって」

「単刀直入に聞かれるんですね。だったら、僕も回りくどくは言いません。本当は手伝いたくありません。今すぐ分割するか、リストラして従業員を少しでも守ってあげるべきです」

佐和子は自分が寺下に勧めたA案だと思った。だが、話はB案もC案も通り越して、D案まで来ていた。

「それで、今後の方向性については」

「僕は新しい会社の社長に座る人の息子です。だから、反対はしません。でも、少しでもいい方向に進んで欲しいと願っています」

「じゃあ、ただ傍観なさるのね」

「いいえ、この仕事を手伝う関係で、役人としては信用を失うかも知れません。父親の肩を持つわけですからね。だから、官僚を辞めて、父の仕事を手伝うことになるかなと思っています。でも、それは本意じゃありません」

「でも、ご自身の判断で、それをやり遂げるおつもりなのでしょう」

「そうです。無駄死にはさせません。戦いたいと思います」

「どういうことですか」

「E案をつくり、今の従業員を少しでも救いたいと考えています。でも、まだお話しできるものは、何もありません」

「そうですか。父と息子で戦うわけですか。いずれにせよ、あなたもお父様も従業員を大切にされる。あなたが、お父様の良い面を受け継がれていることはよく分かりました」

「そうですか。お褒めの言葉として伺っておきます。さあ、着きました。ここが一番、江ノ島が美しく見える海の場所です。どうです。食事はまだでしょう。母が昼食のサンドイッチをたくさん作ってくれたので、佐和子さんも一緒に摘《つま》みませんか」

佐和子には少し大きいサンドイッチだった。これも息子の胃袋や手の大きさに合わせた切り方なのだろうと、佐和子は母親の気遣いを感じた。圭介はエリート官僚だが、情のある男と佐和子には映った。こんないい男が三十歳過ぎまでなぜ独りでいたのか、女としての興味をそそられた。

「ねえ、プライベートなことをお聞きしていいかしら」

「ええ、何でもどうぞ。先に言っときますが、妻や恋人、隠し子はいませんよ」

佐和子は「ほほほ」と笑った。だが、なぜだか、男がさっきまでの官僚答弁から一気に距離を詰め、近すぎるところまで入り込んできた気がした。優しくて完璧すぎる。この青く澄み渡った空のように心地がいい半面、どこまでも深く底が澱んで見えない海のように疑懼《ぎく》の念も抱かせるのだった。

「なぜ、今まで結婚されずに、独りでいらしたのかしら」

佐和子は陳腐な質問だと思ったが、これが一番知りたかった。

「逆に佐和子さんは、なぜ今まで独りなんですか。僕の方こそ知りたいな」

切り返しの巧みさに、佐和子は珍しく戸惑った。いつもなら「いい男がいなかったから」と躊躇せず答えたが、圭介にはその答えでは駄目だと直感で分かっていた。そこで、暫く間を置き「圭介さんと同じ理由ですわ」と答えた。

「そうですか」

圭介は、それ以上は聞こうとしなかった。佐和子もそれ以上は尋ねなかった。口の中では咀嚼し切れていないサンドイッチが右へ左へと移動していた。

気拙い沈黙が流れた。ばつが悪そうに、圭介の方から言葉を継いだ。

「実は僕にはフィアンセがいたんです。でも結婚する前に亡くなり、それで、すぐには結婚する気になれなかった」

圭介の視線は、遠く水平線辺りを彷徨ってから佐和子の目へと辿り着いた。

佐和子は自分の言ったことを後悔した。フィアンセが死んだことはきっと本当のことなのだろう。冗談や嘘を言っても始まらない。自分の浅はかさと女としてのプライドを恥じた。だから素直に自分の高慢さを謝り、「私は単に結婚したいと思う男性に巡り合えなかっただけです」と言って麦藁帽子で顔を隠した。

すると圭介は「じゃあ、やっぱり僕と同じだ」と言い、「僕もフィアンセが亡くなった後、結婚したいと思う女性に巡り合えなかった」と苦笑いした。

佐和子は、圭介の何もかもを包み込んでしまう圧倒的な優しさにたじろぎ、穴があったら入りたかった。逃げ隠れできるものなら、どこか彼の目が届かない物陰に身を潜めたかった。しかし、二人が今いる場所は海に浮かぶ小さなボートの上だった。かすかな海風が佐和子の背中から陸に向かって吹き抜け、波の背が日の光をはじき光彩陸離として佐和子の胸に刺さった。

潮の香りが思い出したように鼻腔を擽り、小波が船端を舐めるように叩く音が耳朶を打った。

「サンドイッチ、少し大きめなんです。母が僕の胃袋に合わせて作るものですから、佐和子さんには食べにくいでしょう。三十を過ぎて、まだ母親の世話になるなんて、女性からするといけ好かない男に見えるでしょうね。でも料理だけはどうも苦手で。たまに実家に帰ると、母が僕の世話を焼きたがるんです。これも一つの親孝行だと考えています」

佐和子は「まあ」と言って丸い目を細めた。手に残っていたサンドイッチを口に運んだが入り切らず、炒り卵やレタスの欠片が膝上の花柄のハンカチにこぼれ落ちた。佐和子はそれをばつが悪そうにすぐ拾って口の中に放り込んだ。

「ここから見える江ノ島は、陸からとは丁度反対側で漁師やサーファーしか知らない景色なんです。漁場としても地元の漁師が大切にしている場所で、今のシーズンはアマダイやカワハギが美味いんです。よければ、今度来た時は釣り船に乗りませんか」

圭介はよく海に出るのか、顔も腕も赤銅色に焼け、とても官僚には見えなかった。麦藁帽子からはみ出た佐和子の手の甲が少し赤みを帯びてきたのを見て、「これは拙い。早く帰らなきゃ」とオールに力を込め、港へと急いだ。あんまり急ぐものだから、顔がさらに真っ赤なしかめっ面になった。佐和子は自分の想像とは何もかもが違っていて、それが可笑しくて堪らなかった。

ボートを港に着けると、圭介は軽々とコンクリートの岸壁に飛び移り、ロープでボートをしっかりと縛り付けてから、佐和子の体をいとも簡単に引き上げた。

「大丈夫かな。ちょっと今夜辺りはひりひりと疼くかも知れない。やっぱりすぐ氷で冷やした方がいいかな」

　管理棟で氷とタオルをもらい、それを佐和子の両手に巻き付け、応急手当をした。佐和子はボクサーがグローブを嵌めたような拳を見てはクスクスと笑った。こんなに笑うのは自分でも記憶になかった。心が少女に戻ったようにときめいていた。

　二人が寺下の本宅に戻ったのは昼過ぎだった。母親の絹代《きぬよ》が「遅かったわね。お腹がすいたでしょう」と昼食を用意した居間へと案内した。佐和子のお腹の中では、まだサンドイッチが原形をとどめたままだった。折角の昼食を断るわけにもいかなかった。佐和子のためらいを、圭介がすかさず、「佐和子さんはさっき、僕のサンドイッチを食べたからあんまり食欲はないと思うよ」とフォローした。こんな場面でも、圭介の細やかな気遣いに、佐和子の評価は高まる一方だった。

「お父さんはもう出たのかな」

「ええ。待ち切れずに食事をしてからさっき出かけたわ」

　会社の再建について、三人で話し合うはずだった。海の上では圭介からは何も具体的な話はなかった。それだけに、三人一緒の時かなと思っていたので、佐和子は当事者の社長抜きでは話はまた今度かと思った。

　圭介が唐突に「佐和子さんは、再建の話をどれぐらい知っていますか」と尋ねた。

「追加の十億の融資までです」

「うーん、そこまでか。やはり父がいないと勝手にはしゃべれないな」

圭介は圧《へ》し口をつくって困った顔をした。

既に話はかなりのところまで進んでいるようだった。あとは追加融資を待つのみということらしかった。しかし、それにしても圭介は反対だと言った。自分も反対だが、下平常務と寺下社長は既に実行に移し、新会社を立ち上げたらしかった。これから話をどう取りまとめていくのだろうか。「社長には息子の圭介がなる」と聞かされていたのに、本人が反対であるとは意味不明であった。佐和子には分からないことが多すぎた。

絹代に食事の礼を言い、駅に向かう道すがら、圭介はある計画を佐和子に打ち明けた。

「十億を融資する。そして、もう十億を裏融資する。裏融資は父にではなく、僕がもらいたいのですが駄目ですか」

「駄目って、十億ものお金が別の口座に消えたら拙いわ。誰だって気付くし、こっそりなんてとても無理よ」

「そうかなあ。裏金はどこかの口座に入れて、誰の目にも分からないようにするはずなんだ。僕はその分からない金を、本当にどこへ行ったか分からないようにしたいだけなんだけど、やっぱり駄目かな」

「何言ってるの。そんなことしたら、計画が台無しになって、取り返しがつかなくなるわ」

「だからやるのさ。君は予定通り、裏口座へ振り込む。しかし、その金はなぜかどこかへ消えてしまう」

「ねえ、それを本当に、私に手伝えと言っているの。そんなことが知れたら、私、銀行をクビどころか、警察に捕まるわ」

「うーん、そうか。やっぱり駄目か。でも計画を阻止できたら、僕はその金で別のことをしたいんだけどなあ」

「別のことって、何？　会社の再建に関わることなの」

「いや、それはまだ言えない」

「それじゃぁ、悪事の片棒は担げないわ。だって、何をするのか分からないんだもの」

「そうだね、分かった。じゃぁ、この話はなかったことにしよう」

圭介は何か思い詰めたように眉間に皺を寄せ、黙り込んでしまった。駅に着くと「じゃぁ、また連絡するね」と右手を上げて佐和子と別れた。

佐和子は人知れぬ闇が自分を取り囲み、肌の毛穴を透かして体の中に入り込もうとするのを感じた。そもそも再建計画は、佐和子の提案したどのプランとも違う形で進行していた。自分は再建者の一人というより、もはや傍観者でしかなかった。豪腕の下平常務が密かに十億もの裏融資をねじ込もうとしている。佐和子が差配できる境界線はとうに越えていた。再建計画の真のシナリオは下平常務と寺下社長が握っていた。常務の行動は銀行への背信行為であり、自分は一体どうすればいいのか。寺下が裏話を明かし、万葉集の歌を詠んだのには、きっと何かあると睨んだ。

ま愛しみ　さ寝に我は行く　鎌倉の　美奈の瀬川に　潮満つなむか（作者不詳）

一般的な解釈は、（あの娘が）とても可愛いので、夜を共にしに行こうと思うが、（途中の）鎌倉の水無瀬川は潮が満ちて（渡りにくくなって）いないだろうか、だった。

それを佐和子なりに深読みしてみた。「美奈の瀬川」は「水無瀬川」とも表記され、ヤマブキの花が咲き誇ることで知られていた。その花言葉には気品、崇高とともに金運もあった。水無瀬川は文字通り、地上ではなく地下を伏流していた。寺下は「計画に加わって欲しい。自分は動けないので、君の方から裏金を持って来て欲しい」と言っているのだと思った。

佐和子は、自分が二人の仲間に入るか、悪事を断罪するか。道は二つに一つだと思った。来週もう一度、鎌倉に足を運ぶことになっている。今度こそ三人で話し、シナリオの全容を聞き出さないと手遅れになると思った。

銀行に戻り、どうすれば十億もの大金を、監査の目をくぐり抜け、動かすことができるのか。いくら金庫に眠っているとはいえ、札束を運ぶにはトラック一台が必要だった。まだ銀行のオンラインシステムは構築されておらず、現金を移動するしか方法はなかった。しかし、どうやれば誰にも気付かれずにそんなことができるのだろうか。映画の華麗な大泥棒になったつもりで考えてみた。しかし、いくら考えても、映画と現実は全然違った。そんな手口があるぐらいなら、とっくに誰かが銀行強盗を働いているだろう。そう思うと、自分でも可笑しくて仕方がなかった。

気分転換に外へ出て、駅前に開店したカフェに入った。コーヒーを飲み、いざ支払いの段になって、財布を忘れてきたことに気付いた。十億円に気を取られ、一杯五十円のコーヒー代が支払えず、顔から火が出るほど恥ずかしかった。店主に名前と勤務先を告げ、すぐ財布を取ってくると言うと「カフェのオープンでは銀行のお世話になったので、今日は店の奢りです」と言われた。

「それじゃあ、申し訳ないわ。今度来るまでのツケにしといて」あまりにもカッコ悪く、冷や汗交じりで店を出た。

銀行に戻って財布を確認すると、ふと佐和子の脳裏に「ツケ」という日本社会特有の商習慣が引っ掛かった。ツケにすれば、現金は動かさなくて済む。いわゆる信用取引だ。金庫破りにばかり気を取られていた。札束の山を運ぶ必要はない。十億であろうが二十億であろうが、信用取引にしてしまえば、金庫の中から金を持ち出さずに融資と同じことができてしまう。逆転の発想だった。

翌日、カフェに行き、昨日のコーヒー代と、今日食べたケーキセットの代金計百五十円を支払った。

かくして賽は投げられたのだった。

山田商店の社員には、退職金用に第一銀行の口座をつくってもらい、会社は十億円の融資を基に早期退職者を募った。四千人の社員の中からまず千人。さらに新会社へ連れて行く二千人の絞り込み作業が行われた。

ここで圭介の隠していた計略が耳に入ってきた。リストラ対象者を再雇用するという。わざわざ退職金を支払った人材を再雇用するなんてと思ったが、圭介は別会社を立ち上げ、再雇用と同時に父親がつくった新会社の買収に乗り出した。社長は二つとも圭介であり、不思議な構図だった。圭介はリストラ対象者千人の退職金を元手にペーパーカンパニーを立ち上げ、買収と同時に、幹部らを旧会社が抱える負債を盾に無償で切り捨てた。

その後は、圭介を中心に二つの会社を統合して再出発する予定だった。佐和子は、圭介からのプロポーズを待ち、銀行を寿退社して新会社の役員に加わるはずだった。

ところが、現実は佐和子の思い描いた絵のようには進んでいかなかった。下平常務に寺下社長、圭介までもが姿を消し、新会社は売却され、十億円近い金が跡形もなく消えた。寺下が詠った万葉集の水無瀬川に咲くヤマブキは、雌蘂《めしべ》が退化して実がなることはないヤエヤマブキだった。別名を「面影草」と言い、思い合いながらも別離する男女にちなむ花だった。

佐和子は、このままでは横領罪に背任罪で逮捕される、逃げ切れないと思った。何より圭介に裏切られた思いで心はずたずただった。鎌倉の邸宅に二度三度と足を運んだが、厳《いか》つい門は閉ざされたままだった。後で分かったことだが、寺下は土地を担保に第一銀行から一億円の融資を受けていた。圭介も通産省をとうに辞めていた。

すっかり騙されていた。聡明さでは誰にも負けない自負があっただけに、佐和子は結婚を餌にされ、まんまと担がれた自分が情けなかった。銀行に泣きつくどころか、マンションにはマスコミが張り付いており、悶々としたまま見知らぬ土地に身を潜めるしかなかった。思い返せば、圭介のあの完璧なまでの優しさを警戒しながらも、甘い未来に酔いしれた自分が愚かで道化に思えた。

　銀行の後輩の加奈とも連絡は取らなかった。唯一の理解者で、今頃は周囲の罵声に反論しながら、一生懸命心配してくれている姿が目に浮かんだ。しかし、連絡を取ることで逆に迷惑を掛けたくなかった。そう思うと、佐和子は余計に胸が締め付けられた。田舎の両親とは結婚話でこじれて以来、ずっと疎遠だった。こんな時こそ、相談に乗って欲しかったが、途方もない話だけに相談のしようがなかった。

　佐和子は日光の老舗旅館に身を寄せていた。部屋から、足元に流れる深い川を眺めながら「こんなにたくさんの水が、目の前にある」と思わず身を乗り出してしまうのだった。窓を閉めれば、わずか数ミリのガラスで世間と絶望が対峙していた。世の中には理想や夢があった。それは妄想でもよかった。生きる先には希望があった。しかし、今となってはそこに戻ることは許されず、自分のための酸素はもう少ないと感じていた。

　死を選択することは容易であった。問題は場所だった。思い浮かんだのが、寺下が詠んだあの万葉集の歌だった。

　ま愛しみ　さ寝に我は行く　鎌倉の　美奈の瀬川に　潮満つなむか

　読み方は「まかなしみ　さねにわはゆく　かまくらの　みなのせがはに　しほみつなむか」であった。佐和子は、この一首をもじり、心境を詠んだ。

ま悲しみ　さ寝に我は行く　鎌倉の　皆の所為にて　死を見詰なむか

佐和子は、圭介と出会った相模湾に小舟を漕ぎ出し、冷たい月が見守る中、入水自殺した。夜の海は風もなく静かだった。蜘蛛の糸が切れたように佐和子の白い肉体は海の中をどこまでも深く、奈落の底へと沈んでいった。海は母であった。暗い水の中で無情な水の塊がゴボゴボと音を立てた。胎児の耳が羊水の中でその水の流れる音と同調するように、佐和子の体もゆっくりと回転し、その顔がこちらを向いた。

＊

竹中浩三はそれが佐和子ではなく自分の顔だと知り、たじろぎ飛び起きた。

# 第四章　田園調布の家

その頃、影山九十九は二度ならず三度目となる祖父の夢を見ていた。

＊

梅雨入り前の鬱陶しい蒸し暑い午後だった。龍之介は再び、社長の津田清吉からゴルフ場に呼び出された。一行がホールアウトする十八番グリーンへと先回りして待っていた。津田は黄色い半袖シャツを着て、隣の男と親しげにフェアウエーを歩いていた。隣の緑色のシャツの男に龍之介は見覚えがあった。選挙コンサルタントの長谷川ではない。そうだ、巣鴨のサラ金支店長の遠山恒三だ。何か嫌な予感がした。龍之介は、この手の人物とは二度と関わりを持ちたくないと思っていた。

だが、男は龍之介を見つけると大きく右手を振った。それからグリーン上にある球をパターでカップに寄せると、次の短いパットを外し「あれっ」と奇声を上げた。津田が大笑いし、自分のパットを一発で決めた。後で分かったことだが、あの五十センチほどの短いパットが外れたことで、津田が一打勝利したという。掛け金は一打千円。意外とサラリーマン並みのレートだった。

「ゴルフの勝負は、金より名誉が重んじられる」津田はうれしそうに、何度も龍之介に向かって訓示を垂れた。

龍之介が呼ばれた理由は、三人で食事に行こうということだった。ゴルフに負けた支店長の奢りだった。銀座の例の料亭に行き、気が付くと菅野もそこに同席していた。厨《くりや》には銀座一流店の料理長三人が借り出され、四人の目前で調理し、前菜から振る舞った。

今朝取れた北海道の毛蟹と生ウニの刺身に大阪湾のアコウの洗いと夏野菜、さらに長良川の鮎の塩焼きで小腹を満たすと、神戸牛のうま味を閉じ込めた六面焼きステーキを赤ワインのシレンシオで堪能した。ゴルフの話で盛り上がり、あっという間に二時間が過ぎた。そろそろお開きかなと思った頃合いを見計らって、遠山が龍之介に相談を持ちかけた。遠山が言うには役員にもなったことだし、田園調布にいい物件があるので購入しないかということだった。

価格は二億円。龍之介は「冗談じゃない。そんな金がどこにありますか」と自分でもびっくりするほど大きな声で断った。

津田が「金というのはぐるぐる世の中を回って、いつ自分の前にやってくるか分からないものだ。影山君、今、君の目の前にやってきているのが分からないか」と愉快そうに話した。

「申し訳ありません、社長。大して貯金もしてこなかったので、二億もの買い物をしたら、妻に離縁されてしまいます」

龍之介が真顔で言ったので、三人は爆笑した。

その晩、龍之介は、妻に二億円の豪邸のことを雑話の一つとして口にした。妻は「まあ、すごい。夢のような話ね。ウチには二十万円だって自由になるお金はないわ」と取りつく島もなかった。二億円のローンなんて、とても想像ができなかった。取締役といっても中堅出版社の給料は高が知れていた。

翌日、菅野から電話があり、昼食に近くの小料理屋へと呼び出された。用件は昨日の田園調布の物件のことだった。龍之介は笑って再び断ったが、菅野から繰り返し聞かれたので、この件には何か裏があると察した。

「訳あり物件なんですね。でも、どうして私なんですか。菅野さんや社長がお買いになればいいじゃないですか」

「私は、既に三軒も所有していて、田園調布にはもっと大きいのを持っています。社長の兄も娘夫婦との二世帯住宅で家は必要ない。影山さんは奥さんと二人暮らしで、お子さんができたら丁度いい物件かと思いました。支店長にもう少し勉強してもらったらどうでしょうか」

「どうでしょうかと言われても、支払うのは私ですから。身分不相応な家だと思います。二億だなんて私には手も足も出ませんよ」

「そうですか。それじゃあ、仕方がないな。支店長にはそう伝えますか」

小料理屋から会社へ戻る道々、龍之介は打ち水で斑になった小路を急ぎながら、なぜ自分にあんな高額物件を世話するのか、理由をとくと考えた。不意に選挙コンサルタントの長谷川剛の顔が思い浮かび、「言わぬが花、知らぬが仏」の言葉に心がざらついた。

「ねえ、あなた、今大丈夫？　例の田園調布の件だけどちょっと相談があるの」立子からの電話だった。珍しく甘えるような口ぶりで勿体付けてきた。

「何だ。さっきもこっちで、家を買わないかと聞かれて、また断ったところだ。お前の用件は何だ」

「私、あの物件を一度見てみたいの。駄目かしら。もちろん、買うつもりはないわよ。でも見るだけならタダだし、二億円の家がどんなものか見てみたいと思って」

「…………」

「ねえ、週末はどう。あなたの都合は」

「週末は空いてるけど、あの家には今、人が住んでるかも知れない。とりあえず、サラ金の支店長に聞いてみるけど」

「そう、それじゃあ、お願いね。お仕事中、ごめんなさい」

　龍之介は可笑しかった。ケチで始末屋の立子が二億円もの家に興味を示すなんて、今までの人生では考えられないことだった。何しろ、スーパーのチラシを見比べ、明日は大根が一円安いと分かると一日我慢するほどの主婦のかがみのような女であった。

　龍之介が遠山支店長に電話すると、「たった今、菅野さんから電話をもらいました」と言った。龍之介は断っておきながら、物件の下見をお願いするなど、あまりのばつの悪さに赤面しそうだったが、立子が珍しく関心を示したので慇懃にお願いしてみた。

「そうですよね。二億円の買い物をするのに、下見もなしじゃあ、無理ですよね。是非奥様とご一緒にどうぞ」遠山は快く承知してくれた。そして、下見は土曜と決まった。

その日は朝から五月晴れで、田園調布駅のホームに降り立つと若葉のかぐわしい匂いが二人を包み込んだ。駅の改札を出ると、遠山は既に車で待機していて「影山さん、おはようございます」と大きく手を振って迎えてくれた。

龍之介は、妻を紹介した後、遠山の乗ってきた黒塗りのベンツに乗るものと思っていた。ところが「こんなに気持ちのいい日は車じゃもったいない。歩いてお話ししながら行きませんか」と言われ、立子も上機嫌に「それもそうですわね」と満面の笑みを返した。

駅の西側は道路や街路樹が、パリの凱旋門を彷彿させる同心円状のエトワール型をなしており、三人は左から二本目のなだらかな上り坂を横一列になって歩いた。立子の取って置きのハイヒールがコツコツとアスファルトを叩き、レースのワンピースの裾が時折、春風に撫でられて翻った。

物件は駅から五分の距離だった。赤いバラの花がきれいに咲き誇り、門の奥には威厳を漂わせる二階建ての白い洋館が見えた。田園調布では中堅の大きさで、間取りは５ＬＤＫという。二人はきれいに手入れされた花壇に心を奪われた。オーク材の重厚な玄関扉を開けると、そこは吹き抜けになっていて、右手にすぐ階段があった。二階は三部屋とバス、トイレ。一階には二十五畳のリビングと十畳のキッチン、さらに二部屋にバス、トイレがあった。玄関は北向きで、二階には南向きにバルコニーを構え、手すりはバラの花やツルが装飾されていた。

さすがに二億円と言われることはあると龍之介は感心した。残念なのは、資金が大幅に不足し、手も足も出ないことだった。買うつもりなら、ローンや価格のことで交渉もした。しかし、地上から煌めく星々を見上げていくらきれいだと思っても、そこには手が届かないことは自分たちが一番よく知っていた。

遠山が龍之介に擦り寄り「どうです。ご満足いただけましたか。きれいな家でしょう。築五年ですが、そんなことは関係ない物件だと思います」と囁いた。

「この家はどなたかが住まれていて、理由があって手放されたのですよね」

「ええ、その辺はちょっと言いづらいのでご勘弁を。その代わり、何もお聞きにならない条件で、一億七千万円に値下げしますが、いかがでしょうか」

菅野の口入れだろう。三千万も一気に安くなるのだからすごい政治力だと思った。しかし、二億でも一億七千万でも、自分たちには絵に描いた餅でしかなかった。そのことを繰り返すだけ野暮なので、龍之介は「どうだ、立子、思い切ってこの家を買うか。あははは」と遠山にも聞こえるように言ってみた。立子が「一億五千万円なら買うわ」と真顔で答えるので「おい、本気にするな。冗談だよ」と龍之介は苦笑いした。

「私は一生に一度でいいから、こんな家に住んでみたいと思っていたの」

龍之介は驚いた。あの倹約家の妻の口から嘘でもそんな言葉が飛び出すなんて、思ってもみなかった。

「おい、立子、熱でもあるんじゃないか」

立子は龍之介の言葉には無頓着で話を続けた。

「ねえ、遠山さん、前向きにお話ししたいんですけど、その前にお腹がすいちゃって。どこかでランチをご馳走していただけないかしら」

龍之介は、初対面の遠山に、立子がランチをねだったことにも耳を疑った。

「そうですね。車で来ているので田園調布より、もっといいお店に行きましょう。もちろん、私の奢りです」

そう言うと、遠山は駅前からベンツを回し、青山にあるイタリア料理店の前まで車を走らせた。

遠山は車の中では、あの家のことには一切触れなかった。立子が何か思案しているのだろうと頃合いを見計らっているように思えた。ランチはパスタとピザを注文した。遠山は、立子がレースのワンピースにパスタソースを飛ばしてはいけないと、大きめのナプキンを店員に頼んだ。いかにも手慣れた気配りだった。龍之介は、特段高級そうでもない店を選んだのも彼の気遣いかなと思っていた。ところが、店の奥から女性が現れ、その予想は大きく外れた。

「いらっしゃいませ。主人が、また無理難題をお二人に吹っかけていませんか」

店は遠山の妻、澄江《すみえ》が経営していた。パスタもピザも美味しかったが、デザートのショートケーキは舌がとろけるほどの絶品だった。立子は「私、これ以上食べたら太っちゃう」と言いながらも、ケーキをお代わりした。

遠山は二人が十分堪能してくれたのを喜び、ケーキの土産まで注文した。ここまでされて「あの家は買えません」とは言い出しにくく、龍之介は困惑していた。胸の内を察してもらうため、せめてここの勘定だけは自分たちで支払い、一億七千万円は水に流してもらおうと思った。ところが、立子が出し抜けに「私、遠山さんを信用して、あの家を買うことにします」と一刀両断の決意を口にした。

遠山はさもうれしそうに「そうですか。お決めになられましたか。随分と悩まれていましたから、駄目かと思いましたが、デザートが決め手となりましたかな」と冗談めかしてほくそ笑んだ。

立子は「そうですね。お土産の方かしら。こっそり、二つ余計に注文してくれたでしょう。そういう遠山さんの細やかな心遣いに、主人にはないサービス精神というか、優しさを感じました。ねえ、遠山さん、一億五千万円でお願いしますね」と駄目を押した。

龍之介は唖然として妻の横顔を見詰めていた。一億七千万円だろうが、一億五千万円だろうが、そんな金が一体どこから湧いてくるというのか。遠山がいなければ、声を荒らげてなじっているところだった。

「立子、お前、金はどうするんだ」

小声で龍之介が言うと、「何とかなるわよ。ねえ、遠山さん、サラ金なんですから、お金は貸してもらえるんですよね」と、平然と澄まし顔で話を続けた。

遠山はしたり顔で「もちろんです」と頷いた。

龍之介には、妻がどうにかなってしまったとしか思えなかった。気が突然触れたとか、脳細胞が突然変異してしまったとか。それ以外には考えようがなかった。

　結局、龍之介が「二人でもう一度よく相談してみますから」と言って、妻の背中をせっつくように押して店を出た。遠山はそのままテーブルに居残り、奥にいた妻を満面の笑みで迎えた。そして「やっとあの家が売れた」と大きく息をついた。

　龍之介と立子は電車に乗り、目黒の自宅に直帰した。二人は一言も会話を交わさず、目も合わせなかった。龍之介はさっぱり訳が分からなかった。まだ契約はしていないから断ることはできる。しかし、一体全体、妻に何が起きたというのだろう。イライラが腹の底から込み上げてきた。

　立子は何も考えていなかった。むしろ、結婚して十年、初めて夫に相談なしで、自分の判断だけで大きな買い物をすることに清々しい思いが広がっていた。一億七千万円かしら、それとも一億五千万円かしら。遠山には一億五千万円なら買うと言ったから、何とかならないかとそればかりが頭の中を巡っていた。それにしても素晴らしい家だった。あんな美しい家に住めると思うと、恋する乙女のように心がときめいた。あの三億円の札束と同じように、宝物のような気がして、考えるだけでとても眠れそうにないと思った。

　龍之介がとうとう我慢の限界に達し、口を開いた。

「一体どういうつもりなんだ。俺に相談もなく、一億七千万もの家を買おうとするなんて」

「あら、あなたもあの場にいたわ。反対しなかったから、てっきり賛成かと思ったの」

　確かに反対の声は上げなかった。しかし、ずっとそんな金はどこにもないと言い続けてきた。

だから買えるはずがないことは分かっていたはずだった。

「一億七千万か一億五千万か知らないが、どうやって払うつもりだ。この前、お前も無理だと言ってたじゃないか」

「そうよ、あの時はね。でも考えが変わったの。あんな素晴らしい家に住めるなんて素敵じゃない。心がワクワクするわ」

「そりゃあ、金さえあれば俺だって住みたいよ。でも、ないものはない。だから、あの家のことはきっぱりと諦めてくれ、立子」

「あら、そう？　でも、私はそうは思わないわ。あの家が、私たちに住んでくれって言ってる気がするの」

「お前、急にどうしたんだ。何か変だぞ。隠していることがあるのなら、言ってくれ」

「えへん。じゃあ、言います。大金が手に入ったの」立子の誇らしげな目が龍之介を捉えた。

「嘘だ。宝くじが当たったなんて、俺は何も聞いてないぞ」

「だって、宝くじじゃないし、まだ何も言ってないわ。あなたをびっくりさせたいと思って」

「じゃあ、一体どうやって手に入れたんだ。大金っていくらだ」

「そうね、一億五千万円ぐらいかしら。だから可能かなと思って」

「それ、本当か。一億五千万もの金をどうやって」

「実家の両親が牧場と家を売るの。売って、もっと小さな家に引っ越す予定なの。できれば私たちの近くに住みたいという希望もあるわ。老後を考えてね」

「確かに、お前のところは一人娘で、お前に頼るしかない。ということは一緒にあの家に住むということか」

「あなたが嫌だったら、別々でもいいの。どうする」

「それは、金だけ出してもらって別々というわけにもいかないだろう。あの家なら十分広いし、一階と二階に分かれて住むことだって可能だと思うよ」

「そうでしょう。私、そうしたいの。いいかしら」

「分かった。それならそうと早く言ってくれよ。びっくりするじゃないか」

立子は早速、母親の雪江《ゆきえ》に電話し、田園調布にいい物件があり、そこで一緒に住みたいと伝えた。雪江は「田舎者が田園調布だなんて大丈夫かしら」と言った。立子は「私は田舎者の娘よ」とうれしそうに声を弾ませた。そして、ちゃっかり「だから、お母さん、お金をよろしくね」と念押しも忘れなかった。

遠山に少しでも安くしてもらえれば、ローンを組まなくても済む。家は相続のことも考えて、二世帯住宅ということで共同名義にし、税金をどうすればいいか。龍之介は、菅野に聞くことにした。きっと社長も喜んでくれると思った。

しかし、菅野は親と一緒に住むことに、あまりいい顔はしなかった。やはり何か裏があるのだと龍之介は思った。

遠山に連絡し、立子と二人で会いに行った。巣鴨の支店は、オイルショックで大打撃を受けた人たちが、ソファに渋面をつくって並んでいた。みんな寡黙で顔色が悪かった。三途の川の渡し船を順番待ちする死人の列のような重苦しさだった。

遠山が奥から出てきて、笑顔で龍之介たちを応接室へと招いた。

「影山さんご夫婦だけじゃなく、ご両親と四人でお住みになるそうですね。そうなると、ちょっと困ったことがありまして」遠山はそう前置きし、あの家のことを話し始めた。

秘密にしていたのは、あの家は二億ではなく二億三千万の物件だという。住むのは買った人の自由と言いたいが、売り主は夫婦二人で住むことを条件に、価格を下げたと説明した。

立子の全身から「そんなあ」という落胆の溜息が漏れた。「それならそうと、早く言ってくれればよかったのに」と今にも涙がこぼれそうだった。龍之介は、なぜ夫婦二人でなきゃいけないのか、あんな大きな家なのに理由が知りたいと食い下がった。

しかし、遠山の口は堅く、「オーナーのプライベートに関わることなのでお教えできません」の一点張りだった。代わりに立子がお願いした一億五千万円に値下げするという。遠山は一気に話をまとめたいらしく、両親の住居は近くの賃貸ではどうかと提案した。「何なら私の方で物件は探してみましょうか」と間髪を入れずに二の矢を放った。

龍之介たちは、親に一億五千万円もの大金を出してもらいながら、その家に住むのは自分たちだけという気拙さに言葉がなかった。いっそのこと、両親がそこに住み、自分たちが足を運ぶ方が、どんなに気が楽かと考えたが、遠山は龍之介夫婦が住むことがオーナーの条件だと言って譲らなかった。

「立子、仕方がない。諦めるか。田舎のご両親の面倒も見られて万事うまくいくと思ったが、無理なものは仕方がない」

　しかし、立子は諦め切れなかった。「私、どうしてもあの家に住みたいの」駄駄っ子のように今にも泣き出しそうな顔で引き下がらなかった。

　その夜、立子は遠山との話を母親の雪江に伝えた。雪江は「そんなに素晴らしいのなら買えばいいじゃない。自分たちはマンションでもどこでもいいわ」と娘に優しく言葉を掛けた。

　翌日、立子は龍之介には内緒で、もう一度遠山に会いに行った。遠山は名義が共同でも困ると言った。龍之介名義であることが条件だった。そうなると資金がないので、遠山が融資し、両親に融通してもらうことになる。

　立子は「それでは利子が高くてとても払い切れない。銀行の低金利でも大変なのに」と遠山に泣きついた。遠山は「影山さんは知らない方じゃない。津田社長や菅野さんは私の友人なので、ご夫妻が払えるローンを組みましょう」と言ってくれた。

　しかし、一億五千万円を借りるとなると、利子だけでも相当なものだった。それぐらいは立子にも分かっていた。すぐ一億五千万円を支払うとしても贈与税はどうなるのか。わざわざ余分なお金を支払うことが疎ましかった。

　遠山は龍之介が生命保険に入ることも提案した。病気や働けないことがあった場合は保険でカバーし、万が一、死ぬようなことがあれば、残金は自動的に完済となるものだった。

　立子は当然、そういう不測の事態も考えないといけないと理解した。ただ、そうなったら、家を出てもいいと思った。すると、遠山は「そうお考えになるのは今だけで、実際に住み始めるとあの家から出て行きたくなくなるのが人情というものです」と諭した。立子もその言葉には賛成であった。自分一人でもあの家には住みたい。そう思うぐらい、あの家は輝いていてお城のようであった。

結局、龍之介と両親の同意がないといけないが、家を購入する方向で話を進めることにした。両親には申し訳ないが、近くの賃貸マンションに入ってもらう。物件を探すと、同じ田園調布でも駅の東と西では差があり、東側には賃貸物件がたくさんあった。そこなら十分程度の距離だし、行き来は楽だと思った。

「同じ駅なら何かあっても安心ね。立っちゃん、それでいいわ。お父さんにも話しとくわね」

雪江は娘のわがままを聞き入れ、靖久《やすひさ》とも相談すると快諾した。

立子は、あの家に住めると思うとうれしくて、何度も自分の頬を抓ってみた。ただ、あそこに自分たちだけが住み、親には賃貸マンションを用立てる。金だけを無心する最低の娘であることには気が引けた。自分が死んだら、きっと地獄に落ちる。そう思った。

本当にこれでいいのだろうか。龍之介に隠さず相談すると、一応の賛成はしてくれたが、一億でも一億五千万でも他に二世帯住宅はあるんじゃないかと言われた。しかし、立子はどうしてもあの家に住みたくて譲れなかった。

一億五千万円はすぐ支払うとして、三十九歳の龍之介が残りの五千万円のローンを組むに当たり、定年の五十五歳が返済完了の目安となった。これから十六年間は毎年三百万円余り、毎月二十六万円強の支払いが待つ計算だった。果たしてそんな返済が可能なのだろうか。両親の面倒も見なくてはいけない。龍之介は気が重くなる一方だったが、立子はあの家に住む日が近づくにつれ、若返ったように血色も良く、龍之介にも優しくなった。

そして、いよいよ売買契約の日、龍之介は遠山からある提案をされた。会社が倒産しかけた時と同じバイトを世話するという。「津田社長も菅野さんも了解済みです。引き受けてもらえれば、ローンもあっという間に完済できます」と耳打ちされた。

龍之介は「本当ですか。あの程度のことで、ローンが減るのなら大助かりです」と二つ返事で申し出を受けた。

立子の両親のマンションも決まり、いよいよ四人がそろって田園調布で新生活を開始した。その門出の日、両親は早速龍之介たちの新居にやって来た。

「すごい家ね。一億五千万円は安い買い物じゃないかしら」龍之介も立子も雪江の言葉に罪悪感がいくらか和らぐ思いがした。両親とは、週末を中心に夕食を共にし、朝も散歩がてらやって来ては一緒に食事をすることにした。ただ、荷物を運び込むのも駄目で、名義も龍之介だけという条件がいまだに何とも不可解で重苦しかった。

親子で同じ日に引っ越したので、四人は引っ越し作業に追われた。龍之介は二軒分の荷ほどきをしながら、立子と大事な話をしていないことに気付いた。もし自分が病気で倒れたら、ローンを払っていけなくなる。その不安を相談すると、立子は「心配ないわ」と平然と答えた。遠山の提案をちゃっかり自分の手柄にして、生命保険料込みでローンを組んだと胸を張った。

龍之介は自分が死んだらローンは完済と聞き、これは妻の発想ではないとピンときた。それでも、余分な不安を抱えなくてすむことはありがたかった。

翌朝も立子の両親は散歩がてら、訪ねてきた。庭の見事な赤いバラを見ながら、四人で食卓を囲むと、想像以上に心の平安を感じ、生きている実感や贅沢なひとときを噛み締めることができた。龍之介も立子もつくづく引っ越してよかったと思った。ただ、両親には「こっちで一緒に住めたらよかったのにね」とは、決して口にしなかった。立子が「本当はこの家、二億三千万円だそうよ」と話すと、母親の雪江が「ええ、本当にいい家ね。あとはあなたたちに子供ができれば最高なのにね」と何気なく言った。龍之介も立子も苦笑するしかなかった。立子は三十三歳で高齢出産にはまだ時間があった。しかし、これまで努力しても授からなかったので、広い家に引っ越したからといって体に変化が起きるとも思えなかった。

遠山から電話があり、龍之介は早速来週、例のバイトを打診された。巣鴨ではなく渋谷の支店から田園調布の自宅まで運んでくれれば、あとは取りに行くと言われた。田園調布に取りに来るぐらいなら、最初から渋谷支店に行けばいいのにと思ったが、こんなバイトでいくらかローンが減るなら、野暮なことは言うべきではないと口を噤《つぐ》んだ。

指定の木曜午後五時に渋谷支店に行き、支店長からバッグを受け取った。中身は見なくても前回と同じ重量感から三千万円だと想像がついた。龍之介は、選挙コンサルタントの長谷川の顔と「言わぬが花、知らぬが仏」の言葉が頭に浮かび、何も聞かずに自宅へ持ち帰った。すると翌晩、黒塗りの車がバッグを取りに来た。受け取りの証明書や合言葉も何もなかった。もし金を渡す相手が間違っていたらと心配したが、全てが「言わぬが花、知らぬが仏」で通すことにした。金の受け渡しがうまくいったのだろう。深夜に遠山から再び電話があり、来週の木曜にも同じ時間に渋谷支店に行って欲しいと頼まれた。

今月はこの二回でローンはチャラだと聞き、龍之介は耳を疑った。二十六万円の毎月の支払いが、たった二回の運搬で帳消しになるのならお安いご用だった。その晩は高級ワインを買って立子と祝った。立子は今月の支払いが浮いたことでとびきりの笑顔をつくり、その分は使わずに貯金するという。一億五千万円の豪邸を買う時にはあれほど大胆だったのに、見事なまでに再び倹約家の顔に戻っていた。

その話は駅向こうの両親にも立子から伝わり、義父の靖久が「何なら自分が代わりに運んでもいい」と言ってきた。龍之介は顔を強ばらせた。立子にバイトのことは親でも他言無用だと厳しく注意した。一回運んで十三万円だなんて、危ない仕事に決まっている。それをペラペラと話して、誰かの耳に入らないとも限らなかった。金のためなら、殺しだってあり得ることを立子に言い聞かせ、龍之介は自分もしっかりと肝に銘じた。

会社の赤字問題も何とか好転の兆しが見え、定例役員会の後、社長に呼び止められた。

「どうだ、田園調布の家は快適か」

「はい、お陰様で順調です」

「そうだろう。やっぱり買ってよかったな」

津田がウインクしたので、龍之介はドキッとした。社長はバイトのことを言っているのだと思った。ひょっとしたら、最初から闇献金を運ぶアジトにするつもりで、あの家を自分たちに購入させ、逃げられないようにしたのかも知れないと思った。それでも龍之介は幸福だった。しかし、それは永遠には続かなかった。

一年があっという間に過ぎ、田園調布の生活にもすっかり慣れた。最初は金持ち連中との近所付き合いに二の足を踏んだが、案外、プライバシーをどの家でも尊重し、思ったほどうるさく干渉されることはなかった。

義父母も賃貸マンション暮らしを「掃除の手間がかからなくていい」と、それなりに楽しんでくれているようだった。北海道の牧場経営から身軽になったと好意的に捉えている様子だった。立子の気持ちを考えれば、四人で一緒に暮らしたかった。それでも北海道を思えば、徒歩十分の距離は目と鼻の先で、老後の不安を解消するには十分だった。

龍之介も靖久と雪江から「東京に出てきてよかった」と何度も言われ、心の底からうれしかった。特に週末は、北海道の知人から届いたと言っては、四人で焼き肉、バーベキューに新鮮な季節野菜を食し、美味しいワインも嗜んで和気藹々の午後を過ごした。立子は親孝行ができて満足そうだった。一億五千万円を生前贈与の形で処理し、龍之介名義で月々のローンを組んだが、一年目に支払ったのはたった二カ月分の五十二万円だった。家賃四万円強の借家に住んでいる計算で、むしろ毎月の貯金は増え、両親の家賃を支払う余裕も生まれた。

ただ、全てが順風満帆とはいかなかった。田園調布に住み始めて一年、遠山が警察の事情聴取を受けたと菅野から連絡があった。闇献金なら国税局の査察だが、警察と聞いて龍之介は顔色を変えた。

菅野によると、自分たちとは全く関係のない暴力団絡みの話だという。サラ金ならではのいろんな金を扱っており、暴力団もその一つ。逮捕ではなく、任意同行で話を聞きたいと、遠山は呼ばれていったという。

龍之介は心配でもっと情報が欲しかった。直接、巣鴨支店に問い合わせたかったが、それでは藪蛇になると思い、遠山の妻が経営する青山のイタリア料理店を訪ねることにした。店を警察が張り込んでいるかも知れなかったので、通りすがりの客を装い、立子と店に入った。

店内はガランとしていて、遠山の妻、澄江の目にすぐ留まった。

「お久しぶりですね。田園調布の生活はいかがですか」

「ええ、とても」立子は生返事だった。澄江の話より、レジカウンター脇に陳列されたケーキに心を奪われていた。

澄江によると、田園調布の家は、実は遠山夫妻の持ち物だった。購入後、刑事が時々見張っている気がして住まなくなり、お店に近い目白に居を構え直したという。後で分かったことだが、刑事と思っていた人物は、住民意識調査で各家庭を回っていた学生だった。困ったことに家を処分したくても、買値は二億三千万円でも、売る時は二億でも買い手はつかず、一億五千万円で龍之介たちの手に落ちたということだった。

説明を聞いて、立子は納得の様子だったが、龍之介には全く合点がいかなかった。バイトが一回十三万円なんておかしい。それに遠山への警察の事情聴取は、そろそろ自分たちも危ないという警告ではないかと考えた。そこで「言わぬが花、知らぬが仏」の禁を破り、澄江に核心部分の質問をした。

「ご主人は、政治家への闇献金で警察に呼ばれたんじゃないんですか。本当のことを言ってください、奥さん」

「主人は政治家なんて誰ともつながりはありません。お金の使い途は知りませんが、裏金ではなく、ちゃんと帳簿で処理されているお金しか動かしていません」

「それはおかしいですね。以前、私が三億円の札束を運んだ時は、政治家の関係者を紹介され『知らぬが仏』と言われました」

「その場に主人がいましたか」

「いいえ、そこには、いませんでした」

「そうでしょう。政治家の方と主人とは無関係です。それに今回、暴力団と噂されていますが、本当は違うんです。支店の中に北朝鮮系の方がいて、その人がどうも北へ便宜を図ったようなのです。それで支店長の主人が、参考までに呼ばれたんです。警察ではなく、大蔵省の調査だそうです」

「本当ですか。それじゃあ、僕が運んでいる毎月のバッグの中身はどう考えればいいんですか。あれは札束ですよね」

「先ほど、影山さんは『知らぬが仏』と言われました。『言わぬが花』と申しましょうか、お話ししない方が、ご都合がいいかと思います」

澄江はそう言って、接客のために立ち上がった。

龍之介はやっぱり何かあると確信した。しかし、それが何であるかは謎のままだった。

龍之介の深刻そうな顔とは対照的に、立子は「要するに奥さんはしゃべりたくないってことよ」と言った。「ねえ、そろそろ注文していいかしら」あどけない少女のように目を爛々と輝かせ、ショートケーキを三個注文した。

「私、それに田園調布の家の持ち主が、遠山さんご夫婦だったことが分かって安心したわ。誰かあそこで首吊り自殺でもしたのかとずっと思っていたの。そんなことでもないと二億三千万円が一億五千万円にはならないだろうし……。夜に幽霊が出てきそうで怖かったの」

龍之介は、ずっとある確信に囚われていた。その向かいで立子は「やっぱり、これ、美味しいわ。世の中の幸福を全部独り占めにしたって感じ。食べないのなら、もらっていい？」立子は、ほくほく顔で三個目のケーキに取り掛かった。

二日後、遠山から電話があり、青山の店に出向いた礼を言われた。龍之介が随分と心配していたと聞き、直接会って話がしたいと、出版社近くのカフェで待ち合わせをした。

「影山さん、ご心配をお掛けして申し訳ありません。妻から説明があったと思いますが、ウチの社員のことで大蔵省の関税局に呼ばれました。前歴がある男で、再び北朝鮮に送金しようとしたのが見つかったのです。とりあえず、私とは関係がない話ですし、影山さんとも全く関係がありません。ご心配でしょうから、全てをお話しします」遠山はそう前置きして、しゃべり始めた。

「最初の三億円は、お察しの通り、ウチとは関係のないお金です。だから我々の帳簿には何の記載もありません。あれは津田社長が倉庫を建てるのに便宜供与したお金です。そして、二億円は社長と菅野さんにキックバックされました。帳簿上は存在しないお金で、一億円だけが記載されているはずです。では津田社長はあの金をどうやって用立てたのか。これは社長に直接お聞きになってください。私も知らない話です」

遠山はコーヒーを一口飲み、話を続けた。

「田園調布の家は、家内が話した通り、不況で売れずに困っていた私たちの持ち家です。影山さんには失礼ですが、最初からあの物件を購入できる財力がないことは承知していました。しかし、購入に脈ありと踏んで、持ちかけたのです。特に奥さんのご実家がインフレで牧場経営をやめるという話を聞いたので、私共がその牧場を購入し、そのお金で家を買ってもらうことにしました。毎月のローンは、実は牧場の代金の方からお支払いいただいています。三千万円の入った鞄は、三億円の時の流れをカムフラージュしただけで、札束は全て偽物です。ローンのお金を全く払わずにバイトだけで支払っていくとなると怪しまれるでしょう。だから、家計に無理のない範囲で、月四万円ぐらいなら無難かと思いました。そもそもご両親は上京したいが、その残りのお金をご両親の家賃に回されることも考慮してのことでした。それで私の家を安くお譲りするプランを練った次第です。ついては一緒に住まないという条件でした。娘夫婦を煩わせたくない。ここまでお話しして、影山さんがご気分を害されるようでしたら、お詫びします。決して我々は怪しいことをやっているわけではありません。今はクリーンな経営を心掛けています」

話を聞いて、龍之介は我ながら可笑しくて仕方がなかった。さも、一回十三万円の危ないバイトをしているつもりが、全く騙されていたなんて。それも妻の両親は自分たちと一緒に暮らすことを気遣い、遠慮して別居になるように仕向けていたなんて思いも寄らなかった。折角、東京に出てきたのだから、今更ながらだが、あの豪邸に一緒に住むことを提案してみようと思った。もちろん、立子には内緒だった。

義父母にこっそり会って話をすると、「マンション暮らしも快適で都会人になった気がする。もう暫くこのままでいたい」と希望を告げられた。月々の支払いについては、牧場の全てを処分したのではなく、多少は残して貸しており、そこからの利益で肉や野菜、海産物が送られてくるのだと説明してくれた。

遠山から「三千万円のバッグはやめますか」と聞かれた。ちょっと迷ったが、運び屋の仕事には不思議な緊張感や刺激があり、このまま妻には内緒で続けたいとお願いした。馬鹿げた申し出だとは思ったが、ごく普通のサラリーマンにとって、毎日の生活は同じことの繰り返しで、極めて単調にして味気なく刺激に乏しいものであった。特に自分たち夫婦には子供がおらず、それが余計にそう感じさせるのかも知れなかった。

クリスマスイブは立子の両親を呼んで、パーティーを開いた。ワインをスワリングしながら「立子への今年のプレゼントは?」と言って、龍之介は義親の間に割って入り、二人の肩にそっと手をのせた。

立子は不審そうな目で龍之介を見た。

「お父さんとお母さんがプレゼントなの？　どういうこと？」と小首を傾げた。

「龍之介君から一緒に住まないかと誘われてね。こっちに引っ越すことにしたよ。ねえ、母さん」

靖久の言葉に、雪江も幸せそうな笑みを浮かべ、大きく頷いた。

「きっと、楽しくなるよ。四人で今まで以上にね」龍之介がそう言うと、立子はうれしさのあまり涙ぐんだ。そして「私からもプレゼントがあるの」と龍之介を見詰めた。

「さっき、四人と言ったけど、それは間違い。五人よ」

ちょっぴり顔を赤らめ照れくさそうに話した。

龍之介は聞き間違えたかなと思った。そして、おもむろに「えーっ」と素っ頓狂な声を上げ、

「立子、本当か。赤ちゃんができたのか」と大声で叫んだ。

その声があまりにも大きかったので、みんなが大笑いし、会話はさらに弾んだ。

立子は、家族が一つ屋根の下で暮らす幸せが実現し、うれし涙が止まらなかった。だが、その至福の時間は長くは続かなかった。

年明け最初のバイトの日、龍之介はサラ金の渋谷支店にいつものように足を運んだ。そして、黒い鞄を受け取って、いつものように裏口から外に出た。

体をすり抜けるように、強烈な冷気が襲ってきた。身震いする龍之介の背後で、何やら、ガサッという音がした。いつもはそこにはないはずの段ボール箱が積まれていて、龍之介が振り向いたところを、突然ガツンと一撃が飛んできた。目から火花が飛び散った。呻き声の一つも

出なかった。右こめかみ辺りが裂け、真っ赤な鮮血が飛沫となった。殴られた勢いで「関係者入口」と書かれた灰色の扉に龍之介は顔をぶつけ、跳ね返るようにしてうつ伏せに倒れた。扉に血痕が張り付き、コンクリートの地面にも血がしたたり落ちた。死力を尽くし、地面に爪を立てるようにして起き上がろうとしたところを、もう一発、後頭部に鉄パイプが飛んできて、龍之介は目の前が真っ暗になった。

何が起きたのか、どれぐらい時間が経ったのか。龍之介は、殴られたことも記憶から吹き飛んでいた。気が付くと、病院の廊下をストレッチャーで運ばれる自分の姿が見えた。ひどく頭から出血した様子で、白地のコートが夕焼けの空のように真っ赤だった。手術室では、医師が集まって自分を見下ろしていた。何かを口々に叫んでいるようだったが、声は聞こえなかった。開頭手術の途中で医師は手を止め、全ての医療機器のスイッチを切った。龍之介は「おい、諦めるな。諦めないでくれー」と叫んだが、声は届かなかった。

次に目の前に現れたのは、立子と生まれてくる予定の赤ん坊だった。立子は笑みを浮かべて、その腕に抱いた赤ん坊の小さな手を取り、こちらに向かって振っていた。二人が徐々に遠ざかって行くのを追いかけようとして叫んだが、龍之介の声はまたしても届かなかった。

立子は、自宅で両親とともにいつものように龍之介の帰宅を待っていた。渋谷のサラ金に出かけたまま、夕食の時間になっても帰ってこなかったので、不審に思い、支店や遠山、菅野にも電話した。しかし、誰にもつながらず、ひょっとしたら三人で急に食事をすることになったのかなと思った。それでも、電話の一本もなく、十二時近くになっても帰ってこなかったので、靖久が警察に電話した。

警察には、既に病院からの通報で、身元不明の男性遺体の知らせが入っていた。サラ金の路地裏で血まみれで倒れているのが発見され、病院に運ばれたが、間に合わなかったという。

慌てて病院に駆けつけた立子は、龍之介にしがみついて泣き崩れた。靖久、雪江ももらい泣きした。結局、龍之介は意識が戻らないまま、安らかなほほ笑みをたたえて帰らぬ人となった。

犯人は見つからなかった。警察はサラ金支店裏口での事件ということで、借金苦の誰かが待ち伏せ、犯行に及んだと推測した。凶器は犯行現場に捨ててあった血痕の付着した鉄パイプ。そこには、指紋らしきものが付いていたが不鮮明だった。消えた黒い鞄の中身が偽札であることは公表されず、どこかで使われれば、犯人逮捕につながると捜査は続けられた。しかし、十年が過ぎても手掛かりは掴めず、事件は迷宮入りとなった。

＊

何とも後味の悪い夢だった。九十九は、祖父が撲殺されるこの夢は果たして真実なのかと疑念を抱いた。だが、父が生まれる前の話で、祖母も他界した今となっては確認のしようがなかった。それにしても、自分はなぜ祖父の夢をこんなにも続けて見るのだろうか。そう思いながら後頭部に手をやるとコブのような膨らみにかすかな痛みを感じ、自分が殴られたような気がした。

# 第五章　自殺

影山九十九と竹中浩三はその朝、ピアノ工場で顔を合わせるなり、互いに前夜見た夢のことをしゃべらずにはいられなかった。夢が自分に何かを語りかけているように思え、相手の意見を聞いてみたかった。

九十九は、竹中のヤマブキの花言葉の話から、田園調布の実家に咲くバラが気になった。しかし、バラの花言葉は愛情に関するものばかりで、もっと違うキーワードが潜んでいないか、思いを巡らせた。

龍之介と立子の間に生まれた父一郎は、売れない童話作家ながらも金銭的には困らず生きてきた。龍之介が殺された後、遠山と菅野の計らいで住宅ローンは二億円がほぼ全額残っていると生命保険会社に報告された。お陰で田園調布の家は保険で完済され、立子の手元にはそっくり一億五千万円が戻ってきた。

九十九という名前は、父親を知らずに育った一郎と、父子合わせて完全体の百になるという意味合いから命名された。花言葉で九十九草《つくもぐさ》は恋、呪い、復讐の意味があった。犯人への報復を考えてみたが、一郎、立子には無縁の気がした。さらに調べると、フトイというイグサの古名が都久毛《つくも》で、花言葉は無分別だった。無分別は仏教では理想の境地とされ、輪廻転生につながる意味があった。九十九は、かつて新聞で読んだ哲学者の孤独死のことを思い出した。人の魂は輪廻転生で目的を持って生まれ変わる。もし自分が祖父の生まれ変わりなら、何の業を背負って人生をやり直すのだろうかと思った。

ある少年がいて、名前は山村光男《やまむらみつお》といった。それは本名であり、本名ではなかった。

少年は生まれた時から身寄りがなく、養護施設を中心に生活してきた。両親はとても良い人たちだったが、なかなか子宝に恵まれず、母親の山村邦子《やまむらくにこ》が妊娠した時は四十二歳、夫は四十八歳だった。二人は高齢出産の危さに心を砕き、産むかどうかで何度も話し合った。夫は妻の身を案じたが、妻はどうしても子供が欲しかった。二人の考えは平行線のまま、中絶が法律で認められていない二十二週に近づいた。その時、夫が脳卒中で急死。運命のいたずらはさらに予期せぬ方向へと向かっていった。

出産の予定日にはまだ二カ月早い夏の朝、邦子は神社の参道で転倒し、破水した。石畳でつんのめり、お腹を庇って背中向きに転んだため、後頭部を強打し意識を失った。救急車で病院へ運ばれ、子供は帝王切開で助かったが、邦子は意識不明のまま、この世を去った。赤児は双子で一人は死産だった。

男の子は千六百グラムの低体重で生まれた。身寄りのいない新生児の名前をどうするかで、病院はとりあえず父親の名前を取り「山村光男」と命名した。光男は、子供のいなかった看護師の田中恵《たなかめぐみ》に引き取られたが、不幸が続いた。光男が家に来た翌月には恵の父が心筋梗塞で倒れ、病院で看病する母までもが過労で入院した。光男の一歳の誕生日には、大工だった夫の健二《けんじ》が作業場の屋根から転落し、足を骨折した。

「死んだ父親の名前なんか付けるからいけないんだ。早くあいつに名前を付けてやれよ」

健二はそう言って気味悪がったが、恵は「光の男」という名前を気に入っていた。

しかし、厄難はとうとう恵の身にも降りかかった。酒酔い運転の車に撥ねられ、入院した。仕方なく、光男は施設に預けられ、その後は里親と施設を転々とする人生を送った。物心がつく頃には、愛情に飢えながらも、光男は自分を疫病神だと思うようになった。生まれながらの境遇が、寂しがり屋であるがゆえに周囲を支配したい衝動を制御できず、他人とのコミュニケーションに齟齬を来すことの多い少年へと成長させた。

小学校四年になった光男は、ある日、六年生で優等生の少年Aからいじめっ子グループの仲間入りを強要された。いじめる相手は、同じ児童養護施設にいる中等度知的障害の犬山徹《いぬやまとおる》だった。徹は光男と同じ十歳だったが、学校生活についていけず、二年生のクラスにいた。体は大きいのに、何かにつけて動作がのろく、自分の身の回りのことも一人ではうまくこなせなかった。発端はトイレに間に合わず、ズボンの前を濡らしてしまったことからだった。それを見た同じ二年の少年Bが面白がって兄の少年Aに伝え、いじめが始まった。初めは徹の教科書や靴を隠すことだったが、次第にいじめのレベルはエスカレートしていった。

「おい、徹。犬でもトイレはちゃんとできるぞ。お前にはお仕置きが必要だ」

少年Aの命令は、徹に犬の糞を食べさせることだった。その役目を体育館の裏で指示された光男は、最初は面白がっていたが、少年Aが本気なのを知ると徹が可哀想に思え、抵抗した。

「犬の糞なんか食べて、お腹が痛くなったら拙いよ。死んじゃうかも知れない。触るぐらいでいいんじゃないか」

「なんだ、お前。俺の言うことが聞けないのか。それなら代わりにお前が糞を食え」

「嫌だよ、そんなこと」

「じゃあ、指を切れ。日本のヤクザはエンコ詰めと言って組長の言うことが聞けない時は指を切るんだ」

少年Aはそう言って、光男の前の乾いた土の上に小刀を放り出した。光男やそのグループのメンバーが、少年Aの言うことに従うのは、いつもこの少年が小刀を学校に持って来て「逆らうと刺すぞ」と脅すからだった。

今まで少年Aは、口先だけで危害を加えることはなかった。だが、その日は学校での喫煙が先生に見つかり、こっぴどく叱られたことで虫の居所が悪かった。

「さあ、どうする。そいつに糞を食わせるか、それとも、お前が食うか、指を切るか。お前の好きなのを選べ」

辺りの空気が急に重々しくなり、息が詰まった。周りにいた三人は顔を強ばらせ、オロオロとして今にも泣き出しそうだった。だが、両足が固まってしまって、逃げ出すこともできなかった。

光男は、何度も唾を飲み込んでは少年Aと小刀とに目を走らせた。目をしばたたかせ、無言のまま両拳をズボンのポケットの中でぎゅっと強く握りしめていた。指を切るって、どの指を切れというのだろうか。養護施設で料理の手伝いをしていて包丁で指先を切ったことはある。血が出て、白いまな板が赤く染まった。少し痛かったが、死ぬような痛さではなかった。傷も一週間ほどで治った。糞を食べるぐらいなら指を切る方がましだ。そう覚悟を決めると、迷わず小刀を拾い、少年Aの前に右人差し指一本を突き出して、一気に左手を上から下へと振り下ろした。

一瞬の出来事だった。閃光のような激痛と同時に血飛沫が飛び散った。少年Aの小狡そうな顔と白い開襟シャツには、悪魔が一直線に横切ったような真っ赤な足跡が走った。光男は獣のような悲鳴を上げてその場に蹲《うずくま》り、顔をしかめた。土の上にしたたり落ちた血がすぐには染みこまず、平べったい血溜まりをつくった。少年Aは、顔に付着した生温かい血を右手の甲で拭い、金臭い味を舌先で確認すると狂気の沙汰に酔った顔をニヤつかせ「血だ、血だ、血だぞ」と叫びながら駆け出した。すると、手下の三人も「わあー、血だ、血だぞ」と大声で喚きながら後を追いかけていった。

光男は燃えるような痛みで、気が遠くなりそうだった。地獄の炎で焼かれた真っ赤な右手を見ると、人差し指の第一関節から先が薄気味悪い白い骨を見せ、わずかな肉でぶら下がっていた。左手でその指を包み込むようにして「指がぁ、指がぁ」と泣き叫びながら保健室へと走った。その場には徹だけが、事態がのみ込めず、残された。

保健室の先生の車に乗せられ、病院で縫合手術を受けた。麻酔は効いていたが、右手の先端に心臓が移動したと思えるほど、そこはドクン、ドクンと脈打っていた。医師から指を切った経緯を聞かれ「転んだところに尖った金属があって切った」と答えた。誰の耳にもすぐに嘘だと分かった。しかし、医師はそれ以上は尋ねようとはせず「そうか」と言った。

「明日は麻酔が切れてものすごく痛くなる。朝、学校に行く前にもう一度注射するから、病院に来なさい」

光男は指にまた注射されるのかと思うと恐ろしくなり、涙がこぼれそうになった。

光男は事件の翌日も次の日も、その次の日も学校を休まなかった。右手に白い包帯を巻き、三角巾で吊った腕を自分の勲章のようにひけらかし、少年Aの教室の前や学校中を歩き回った。少年Aはずっと学校を休んでいた。手下の三人が遠巻きに光男を眺めていた。だが、決して近づいて来ようとはしなかった。

やがて一カ月が経ち、事件は有耶無耶なまま、光男の記憶を除いて忘れ去られようとしていた。光男は包帯が取れ、紫色に腫れ上がった醜い人差し指を見る度、あの時の肉と骨をざっくり切り裂いた感触が、自分を強い男にしたような気がしていた。

そして事件は、光男が中学一年になった春にまた起きた。

冷たい弦月が西の空からこちらを見詰めていた。少年Aとはあえて別の中学に入ったのに、ばったり繁華街のど真ん中で鉢合わせとなった。

「おい、山村、久しぶりだな。ちょっと顔を貸せ」

光男が路地裏まで付いて行くと、今度はコンビニで盗みをしろと強要された。

「嫌だと言ったら、また指詰めか」

光男が上目遣いに吐き捨てた。

少年Aは光男より背が二十センチ近くも高かった。光男の一言で、少年Aに三年前の出来事が蘇り、面白がって光男の前にバタフライナイフを放り投げた。光男が遠心力を利用し、素早く左手を動かしナイフを開閉させた。背後から差し込むネオンサインの明かりが、光男の手元を怪しく照らした。光男は一歩二歩と少年Aに近づき、醜く曲がった人差し指を突き出したかと思うと、そのまま獣のような咆哮をあげてぶち当たり、二度三度と相手の腹を刺し、最後に心臓にナイフを突き立てて逃げ去った。

十五歳になった光男は、静岡県の少年院にいた。十四歳未満なら殺人を犯しても触法少年として罪に問われることはない。通常、十四歳未満は、事件を起こすと児童相談所扱いとなるが、光男は殺人でもあり、警察が捜査した上で家庭裁判所へ送られた。弁護士は、光男が両親とは生まれる前に死別し、施設と里親の間を行き来した数奇な人生や、ただ一度の過ちで再犯の恐れのないことを理由に審判不開始を願い出た。だが、殺人が過去のトラブルの復讐であり、死因が心臓への止《とど》めの一撃であったこと。光男が十四歳未満は罪に問われないことを知っていた確信犯であることから、矯正教育を受けさせることが必要と判断され、少年院送致となった。

少年院では朝七時の起床から夜九時十五分の就寝までの間に、矯正教育や運動のほか、学校教育から後れないようにと学科の授業も行われた。社会復帰の更生プログラムでは浜松の工場を見学し、実際に物作りにも挑戦した。その時、ピアノ工場で出会ったのが影山九十九と竹中浩三であった。

九十九は光男の変形した右人差し指を見て、この少年の背負う闇を見た気がした。光男はほとんどしゃべらなかった。しかし、ピアノの音を聞き、目の奥を光らせた。ピアノが弦で鳴る構造を食い入るように凝視し、「この弦はとても強そうだけど、切れることもあるのですか」と質問した。

九十九は「そりゃあ、あるさ。よく切れる」と苦笑いし、この少年との運命的な出会いを感じ取っていた。

光男の少年院生活はあと二カ月で終了し、その後は夜間の高校に通うことになっていた。九十九は少年と時々会って、ピアノの弾き方を教えた。互いに右手に不便を託《かこ》つ者同士、急速に心が接近し、光男は九十九を兄のように慕うようになった。

光男の十七歳の誕生日には、竹中の提案で鰻を食べに行くことにした。浜松でも有名な店「大池」のカウンターに座り、店主が樽から折り重なった鰻を掴み出し、まな板の上で次々と捌くのを見ながら食べた。

生きた鰻の首に先端の尖った包丁で中骨まで切れ目を入れ、顎に目打ちを打ち込み固定した。そこから一気に包丁で背開きし、中骨をそぎ取ってから、頭と胴体を切断した。店主は、捌き方には関東式と関西式があり、浜松は真ん中で両方があると話した。大池は関東式で、腹切りが切腹を連想させて縁起が悪いと背開きのやり方だった。一方、関西式は商人の町らしく腹を割って話すのがいいと腹を割いた。

光男は三匹も平らげ、竹中から「鼻血が出るぞ」と冷やかされた。蒲焼きは確かに美味かったが、光男の関心は別のところにあった。指より太い生きた鰻が、刃物で一瞬のためらいもなくぶった切られ、血がしたたる光景は心臓が高鳴り、興奮を覚えた。鈍色の鋼が肉を切り裂いていく時の繊細な手応えと、硬い骨をザクッと断ち切る感触が、光男の指先に蘇り、あの時の狂気へと誘い込むのだった。

勘定を払う段になり、竹中が銀行で金を下ろしてくるのを忘れたと言い、支払いは九十九が済ませた。この日以降、竹中の財布からは金がちょくちょく消えることがあり、その日に限って光男が工場に現れた。九十九の財布からは一円も消えないのに、竹中だけが狙われる不自然さがあった。竹中は光男を工場裏へ呼び出し、問い質した。

「お前が来る日に限って、俺の財布から金が消える。何か隠していることはないか」

光男は睨み付けるような目で見返したが、押し黙ったまま両拳をズボンのポケットの中できつく握りしめた。

「おい、おかしいと思わないか。お前が来ると、俺の金がなくなるんだよ。何とか言えよ」

竹中は両手で光男の胸倉を掴み、小柄な光男の体を持ち上げるように揺すった。

「おーい、どうした。何か、あったのか」

九十九が工場の裏口から顔を出して叫んだ。

竹中は光男の肩をポンポンと二度叩き、「いや、何でもない」と返事したが、二人とも表情は険しく強ばったままだった。光男はその日を境に、九十九らの前に顔を出すことはなくなった。九十九が携帯に電話しても留守電ばかりだった。それから三カ月後、光男が自殺したという連絡が工場に入った。部屋で首を切り、血溜まりの中に倒れていたという。

九十九は信じられなかった。遺書らしいものもなく、何が何だかさっぱり訳が分からなかった。少年院時代の仲間とトラブルでも起こしたのだろうか。九十九は工場を一週間ほど休んで、肉親のいない光男のために施設と相談して喪主を務めた。身内だけの通夜・葬儀には竹中ら工場関係者も数人顔を出したが、光男の友人は小中学校を含めて誰一人として参列しなかった。少年院時代の仲間とはスマホで何人かと連絡を取り合っていた様子だったが、死んだことを知らないのか、希薄な関係だったのだろう。

九十九は、かつて新聞で読んだ「孤独死」の記事を思い出さずにはいられなかった。そして哲学者が追い求めた輪廻転生のことが再び想起された。光男はどんな前世からの業で、孤独な人生を歩み、自殺をしなければいけなかったのだろうか。次また自分と出会うことはあるのだろうか。

休暇明けで九十九が工場に顔を出すと、一通の手紙が届いていた。差出人は不明だったが、字を見てそれが光男からのものであることは明らかだった。

手紙には鉛筆で同じ文言が十回、繰り返し書かれていた。ただ、それだけだった。

僕は絶対、人のお金は盗んでいません

僕は絶対、人のお金は盗んでいません
僕は絶対、人のお金は盗んでいません
僕は絶対、人のお金は盗んでいません
僕は絶対、人のお金は盗んでいません
僕は絶対、人のお金は盗んでいません
僕は絶対、人のお金は盗んでいません
僕は絶対、人のお金は盗んでいません
僕は絶対、人のお金は盗んでいません
僕は絶対、人のお金は盗んでいません

文字は、気持ちの高ぶりを示すかのように、徐々に荒々しさを増し、途中で鉛筆の芯が折れたように思える箇所もあった。

九十九には何のことかさっぱり理解できなかった。だが、光男が金のことで苦しんでいたのだと思うと、無性に悔しくて仕方がなく、涙がこぼれてきた。金で悩み、自殺したのだろうか。たかがそんなことで、十七歳の少年が命を捨てるなんて――。

光男が生きていれば十八歳を迎える日に、九十九は竹中を誘って、鰻の「大池」に足を運んだ。一年前と同じカウンターの席に座り、亡き弟分の弔いを行った。あの時の快然たる思い出が二人に蘇ってきた。竹中が「そう言えば、あの日は俺の金が足りなくて」と言ってから、九十九には話していなかった金が財布からよく盗まれた話をした。

「いつか、工場裏で光男に問い質したんだ。お前が金を盗んだんじゃないかって」

「えっ、そんなことが。それで、あいつは何て？」

「いや、何も言わず、じっとこっちを睨み返していたよ。大した金額じゃないんだが、あいつが工場に現れた日に限って、俺の財布から金が消えていて。結局、真相が分からないまま、あいつは遠くへ行っちまった」

九十九は光男から来た手紙の意味がようやくのみ込めた。自分の無実を信じて欲しかったのだ。だが、そんなことで自殺までするだろうか。目の前で、鰻の首が次々と刎ねられていくのを見て、少年院の所長の話を思い出した。

光男は小学校時代に友達を助けるために自分の指を刎ね、友達と自分の尊厳を守った。今度は自分が信頼する人から盗人呼ばわりされた。彼の前世は刀とともに生きた武士だったのかも知れない。首切り自殺は光男にとって切腹と同じで、身の潔白を証明する唯一の手段だったのだろうか。しかし、十七歳の少年が、そこまで追い詰められていたかと思うと不憫で仕方がなかった。九十九は、光男の変形した右人差し指が彼の人生そのもののように思え、自らも右手に痛みが走り、生きることの息苦しさを感じずにはいられなかった。

翌日、竹中から居酒屋に誘われ、若狭照子《わかさてるこ》という女性を紹介された。竹中が一年以上付き合っていて、プロポーズはまだだが「来年にでも結婚するつもりだ」という。若くて色白で背が高く、切れ長の目をした美人だった。九十九も一目で照子のことが気に入った。竹中は、既に実家の両親にも紹介済みだと、のろけ話に花を咲かせた。三人の酒量がかなり進んだ頃、照子も酒の勢いを借りて何気なく打ち明けた。

「私、酔った勢いで言っちゃいます。浩三さん、ごめんなさい。私、あなたの財布からお金を何回か借りました。そのうち、ボーナスで返しますから、もう少し待ってください」

九十九はのほほんと話す桜色に上気した照子の顔が恨めしく見えた。カッと怒りが込み上げ、殴り倒したいとさえ思った。

竹中も背筋が凍り付く思いだった。犯人は光男ではなかった。まさか、照子だったとは。怒りよりも、自分が取り返しの付かないことをしてしまった恐ろしさから、思わず立ち上がり、叫んでいた。

「帰る。俺は帰る。九十九、帰ろう」

「えっ、ちょっと待って。私、まだ注文したお茶漬けが来ていないのよ」

「お前はいいから、一人、そこで茶漬けでも食ってろ」

竹中は九十九の左腕を掴むと、さっさと支払いを済ませて外に出た。そして、居酒屋の看板の前で土下座した。

「九十九、すまない。俺が間違っていた。光男には本当にすまないことをした。謝っても謝り切れないことは俺も分かってる」

深々と頭を下げ、アスファルトに頭をこすりつけて謝った。

九十九は何と言っていいか分からなかった。ただただ悔しかった。目の前の竹中だけでなく、トラブルに気付いてやれなかった自分にも腹立たしさを覚えた。光男が一人苦しみ、もがき、そして首を包丁で切るシーンが目に浮かび、嗚咽した。

「先輩、俺に謝ってもらっても困ります。謝るなら、光男に土下座してやってください」

九十九は声を尖らせ、怒鳴った。あの時だ。もし、あの時、光男と先輩が工場裏で何か言い争っているように思えた時に、自分が光男から何か話を聞き出していたら、今頃あいつはまだ生きていたかも知れなかった。不幸な人生を歩んできたあいつを、何とか支えてやりたいと思った。それが、こんなことになろうとは……。人生は何と矛盾に満ち、残酷なのだろう。あいつは十七年余り生きてきて、何一つ幸せに包まれることはなかった。一体何の意味があって、あいつはこの世に生まれてきたのだろうか。あまりにも悲しすぎるし、惨めだった。九十九は目の前の竹中の頭を石ころのように蹴飛ばしてやりたいとさえ思った。

「光男、すまない。次に生まれてきたら、今度は絶対幸せな人生を送ってくれよな」

九十九は茫漠とした虚空に横たわる天の川を見上げ、咽び泣いた。目から涙が溢れ出て、星々が一緒になって流れ落ちた。怒りとも、悲しみとも、寂しさとも説明のつかない切なさで胸が張り裂けそうになり「光男！」「光男！」と叫び続けた。

翌日から竹中が工場に現れなくなった。そして、休暇届も出さずにぷっつりと消息を絶った。竹中とは暫く話したくなかったので、九十九は好都合だと気にも留めなかった。

照子が工場に訪ねてきて、竹中の居場所を知らないかと聞いてきた。照子に会うのは、あの居酒屋以来、一週間ぶりだった。ついカッとなって「俺が知るわけないだろう」と、とげとげしく追い返した。彼女の泣き出しそうな後ろ姿を目で追いかけ、ちょっぴり後悔もしたが「俺は悪くない。悪いのはお前だ」と心の中で何度も罵り、自分にも言い聞かせた。だが、彼女の姿が見えなくなると、なぜだかやるせない気分に包まれた。

さらに三カ月が経って、竹中から郵便が届いた。ただ一言「すまない」と書いてあった。住所は書いていなかったが、消印から実家の出雲市にいることが分かった。

きっと、懊悩煩悶とした日々を送っていることだろう。十七歳の少年が暗澹たる思いから自刃した責任は、決して軽くていいはずがない。九十九自身も自責の念に駆られ、自分を許せず、前へ進めずにいた。

光男はカッと目を見開いて絶命していたという。最期の瞬間に、その目には何が映っていたのだろうか。最後まで人を呪い尽くし、赦すことができなかったのだろうか。それとも無言の海容により、人間の業の呪縛から解き放たれたのだろうか。

数日が過ぎ、不意に携帯電話が鳴った。竹中浩三の父正浩《まさひろ》からだった。

「影山九十九君か。出雲の竹中です。夜分の電話で申し訳ない。浩三が亡くなったので、とりあえず、君には連絡だけでもと思い、電話しました」

「えっ、先輩が死んだって、どういうことですか」

「突然、家に帰って来たと思えば、最近はまた姿が見えなくなって……。三日前に遺体が稲佐の浜で見つかった。検死を終えて戻ってきたので、明日、通夜祭を内々で行おうと思う。警察の話では……、入水自殺の可能性が高いと言っていた。浩三は……、何か、随分と悩んでいたような感じだったが、私らが尋ねても何も話してくれなくて……。君が何か知っていればと思って電話した。夜分に、こんな電話で本当に申し訳ないが、何か、知っていることはないだろうか」

九十九はあまりにも唐突で言葉を継げなかった。あの手紙は遺書だったのだ。またしても親密な友人が自ら命を絶った。意識が遠のいていく中で「おじさん……、何て言えばいいか……。明日、できるだけ早くそちらに伺います」と言って電話を切った。受話器の向こう側からは「うん、ありがとう」と聞こえてきたような気がした。体が鉛のように重くなり、地中深くまでめり込んでいくような気がした。こんな気分は、あの学生時代に腕を骨折した時以来であった。またしても、死の淵に立つ人を見過ごして逝かせてしまった。その夜は結局、一睡もできずに夜が明けた。

出雲空港に降り立ち、すぐ稲佐海岸へと向かった。冬の日本海は鈍色の空が垂れ込め、怒れる神のように荒れ狂っていた。青黒い海面が深く割れ、白いたてがみがあちこちでぶつかり合っていた。水平線の彼方から凍て付く風が狂犬のように吠えた。荒波は砂浜から突き出た弁天島の岩肌を抉っては断末魔の叫び声を上げ、砕け散った。九十九はその唸り声が海の底深く、助けを求める竹中の悲鳴に聞こえた。神渡しの風が強くぶつかり、九十九の頬には幾筋かの涙が張り付き、哀しみの迷路をつくっていた。

竹中先輩の実家は出雲大社から南へ真っすぐに延びた大通り近くにあった。大きな白い一の鳥居が目印で、そこから少し入った大きな旧家だった。五月の連休に先輩に連れられて遊びに行き、場所は分かっていた。神式の通夜祭にはまだ時間があったので、先に出雲大社を参拝することにした。

樹齢四百年にも及ぶ松並木の参道を通り、境内入り口まで行くと、右手に大国主神の青銅像が目に入った。拝殿には大きなしめ縄があり、さらに巨大な大しめ縄が神楽殿に架かっていた。長さ十三・六メートル、重さ五・二トンもある日本最大級の偉容だった。

壮麗な大社造りの本殿を参拝し終えると、御朱印帳に記帳してもらい、大切に鞄に仕舞い込んだ。踵を返し、竹中家に戻ると、家族葬なのに、浩三の地元の友人らしき人たちが何人か参列していた。

「おじさん、おばさん、この度はご愁傷様でした。先輩にはいつもよくしていただいていたので、とてもショックで言葉もありません」

「九十九君、よく来てくれた。ありがとう」

九十九は通り一遍の挨拶を両親にし、榊を霊前に手向ける玉串奉奠《たまぐしほうてん》を済ませた。

翌日の神葬祭には、竹中の恋人の若狭照子の姿もあった。背が高く美人の照子は白いハンカチを手に未亡人のような痛々しさで周囲の悲しみを誘った。九十九はあえて照子には声を掛けなかった。いなくなるのを待って、竹中の両親に手紙のことを伝えた。

「これが、先輩が亡くなられる前日に届いた手紙です。まさか遺書だとは気付きませんでした」

父親の正浩は「すまない」としか書かれていない文面に眉をひそめ、「この『すまない』とはどういう意味かな」と尋ねた。

「少年院の社会復帰支援プログラムで知り合った山村光男という十七歳の少年がいて、先輩は彼が自分の金を盗んでいると問い詰めたことがありました。後でそれが間違いだと分かった時には、その少年は自害していました。それ以来、先輩はずっと思い悩んでいました」

母親の浜子《はまこ》がこらえ切れずに嗚咽し顔を伏せた。正浩がその丸くなった背中を擦るように手を伸ばし、九十九の顔を見た。

「浩三が帰ってきたのは一カ月ぐらい前だった。何も話さず、部屋に閉じこもっていると思えば、難しそうな顔をして出て行く時もあった。どこへ行っていたのかは分からなくて……。今から考えると、きっと、だいこくさまや浜のべんてんさんに相談に行っていたんだと思う。九十九君の話からすると、浩三はその少年を自殺に追いやった責任を取って死んだということなんだね」

「真相は分かりません。でも僕はそういうことだと思っています」

遺族に悲しい現実を突きつけることが、どれほど理不尽で罪深いか、九十九はその時初めて人生の無常を知った気がした。光男には身内がおらず、葬儀で一番悲しんだのが自分のように思えた。正浩と浜子の心のひだには一人息子と暮らした何百、何千倍もの愉悦と悲哀が宿っており、それが押し潰されていくのが手に取るように分かった。長居はしたくなかった。居れば居るほどつらくなる。

「もう一度、稲佐の浜へ行って、浜松に引き上げます。先輩の荷物はどうしますか」

今度は浜子が口を開き、「それは照子さんが全部やってくれることになっています。素晴らしい女性と出会ったと息子は喜んでいたのに」そう言うと、浜子はまた泣いた。九十九は意を決したように立ち上がり、深々とお辞儀をして二人の前から立ち去った。

稲佐の浜は、昨日とは打って変わって穏やかだった。粉雪が舞い始め、厳しい本格的な冬の到来を告げていた。九十九は、砂糖のような細砂を踏みしめながら、海の中へ消えていった竹中の胸中を思いやった。なだらかな傾斜がついた浜辺を下りて汀《みぎわ》に立つと、かつて竹中が夢で見た女性銀行員の話を思い出した。男たちに騙され、金を取られて最期は小舟から海に身を投じた。竹中も彼女と同じ二十九歳で海の中に沈んでいった。あれは竹中の前世だったのだろうか。ともに背負った業を克服できず、来世でまた人や金の試練に立ち向かう性《さが》なのだろうか。

九十九は人生の機微に触れ、このままピアノを作っていて一体何になるのかと居たたまれなくなった。二人のためにも旅に出て供養をしなければと思った。国譲りや国引きの神話が語り継がれる出雲の地で、自分が二人の親友の死に、いかに無力であったかと思うと、工場を辞める決断は早かった。

# 第六章　御朱印帳

人生において「もし」とか「たら」「れば」は禁物だと母から口を酸っぱくして言われてきた。結果が出てから後悔するぐらいなら、後悔しないように日々全力で精いっぱい生きることを、影山九十九は厳しく教えられてきた。それでも、ピアニストになる夢を断念したあの夜のバイク事故に続き、親友二人が自殺する哀切には後悔の念が募るばかりであった。

自分の人生には一体どれほど多くの悲しみが待ち受けているのか。心の中には針の雨が降っていた。闇夜の川に身を任せ、ただ流されるままに流れていくだけではいけないと思った。右腕の骨折から三年。バイクに跨がることにはまだ恐怖心があった。しかし、九十九は工場を辞めた退職金でバイクを買い、それに乗って神社仏閣を巡り、全ての厄難から自由になりたいと願った。

元日を再出発と位置付け、夜明け前に浜松を発った。折良く冬晴れとなる中、キーを回すと、マシンが唸り、全身を律動が貫いた。風を切る爽快感が蘇り、景色が後ろへと流れていった。

駿河湾を右手に一叢《ひとむら》の松林を走り抜け、天女と漁師の出会いで知られる羽衣伝説の三保松原から、初日の出と朝焼けに染まる富士山を仰ぎ見た。

初詣は明治神宮と決めていた。一路、バイクを飛ばし、黒山の人だかりの原宿へと重低音のエンジン音を響かせた。毎年三百万人が初詣に訪れる明治神宮は、南参道の鳥居から既に長蛇の列ができ、高さ十二メートルの大鳥居に辿り着くのがいつになるかと思われた。延々牛の歩みで二時間かけて本殿まで来ると、参拝はわずか一分で事足りた。踵を返した瞬間「影山さん」と女性の声がした。こんな大勢の人混みの中で誰だろうと声の主を探すと、若狭照子が笑みを浮かべて、胸元で小さく手を振っていた。

「えー、うそー。何してるの？」

「ホント……こんな偶然ってあるんですね。母の病院がすぐ近くなので、病気平癒祈願に。時間があれば、ちょっとお話しできませんか」

九十九はずっと照子を避けてきた。事もあろうに新年早々、こんなところで会うとは、何の因果だろうかと苦々しく思った。しかし、ここに逃げ場はなかった。仕方なく肩を並べ、なるべく顔を合わせないようにして歩いた。

「影山さん、ずっと私を避けていますよね。私のこと、嫌いですか」

「いいえ、そんな」

九十九は言葉を濁した。

「浩三さんの葬儀でも私を避けてましたよね」

九十九は正月早々、何でこんな話をしなければいけないのかと疎ましかった。できれば早く、照子と別れたかった。

「私、浩三さんのお母さんから後で聞いたんです。浩三さんは若い男の人と揉めて、それでその人が死んだって。でも後で、それは浩三さんの勘違いで、その責任を感じて浩三さんも自殺したんですよね」

九十九は言葉を失った。竹中は、照子に金のことを一言も言わずに自殺したのかと思うと、余計に心が千々に乱れた。怒鳴り返し、全てをぶちまけてやろうかとも思った。しかし、こんな大勢の面前でそれはできなかった。

「私、浩三さんがそんなに悩んでいたなんて知らなかったんです。私にできることはないかも知れないけれど、私にだって相談してくれていたら、少しは浩三さんの気持ちが楽になって、今でも生きていてくれたんじゃないかと思えてつらいんです」

そう言うと照子は葬儀でも見せた白いハンカチを取り出し、そっと目頭を拭った。九十九はちらっと横目で照子の顔を盗み見たが、黙っていた。照子は、岩陰にしおらしく咲く一輪の小花のように可憐で美しかった。竹中は惚れた弱みで、恨み辛みの一言さえも口にできなかったのだろうか。先輩の顔がふと脳裏に浮かんだ。

「それでお母さんの方は」

「ええ、お陰様で峠は越えました。母一人娘一人で生きてきて、突然昨年春に倒れたんです。私が浜松の会社に転勤した矢先のことでした」

照子は、九十九が思っていたよりずっと若く、まだ二十歳だった。幼い頃から原宿界隈で育ち、華やかな都会の雑踏に揉まれながらも、質素に気丈に暮らしてきた気苦労からか随分と大人びて見えた。

表参道から路地裏に入ったバイク駐輪場で、九十九は照子と別れるつもりだった。

「あれっ、これスーフォアじゃないですか。ホンダＣＢ４００ＳＦ。ＶＴＥＣエンジンの音が最高にカッコいいやつなんですよね」

「よく知ってるね」

「だって、ウチの会社のバイクですよ。でも、もう生産終了になって。ねえ、ちょっと後ろに乗せてもらっていいですか」

そう言うと、白いパンツスタイルの長い脚を振り上げ、照子は先にバイクに跨がった。

九十九は元ピアニストらしく重厚なエンジン音に惹かれ、退職金を叩《はた》いてこのバイクを買った。これから四国八十八ヶ所や西国三十三所、秩父三十四ヶ所などを回る予定だった。

初めて後ろに人を乗せてバイクを走らせる。それが、照子になろうとは思ってもみなかった。

「どこへ行きたい」

「日光がいい」

「えっ、そんな遠くまで」

「だって、日光東照宮の『眠り猫』を前から見たかったの」

九十九は躊躇した。しかし、日光の「眠り猫」には平和な時代の到来を象徴する意味もあり、「正月早々、明治神宮と日光の連チャンもありか。まあ、いいや。行くか」と考え直した。

東北自動車道を北上し、二時間ほどで着いた。四気筒の四〇〇ccの馬力は、二人乗りでもびくともしなかった。照子は、九十九が借りてきた男性用ヘルメットが大きくてフィットせず、最初は文句を言っていたが、いざ走り出すと観念した。

日光東照宮は、江戸幕府初代将軍の徳川家康を祀った神社で、鮮やかな色彩から豪華絢爛の言葉がピッタリだった。「見ざる・言わざる・聞かざる」で有名な三猿から、さらに奥へ進むと、左甚五郎作の「眠り猫」が、家康の墓所につながる参道を守っていた。

「何だか可愛いわ。頭を撫でてあげたいくらい」

照子はすっかり満足し切った様子だった。

「さあ、帰ろう。お母さんが心配するぞ」

「母のことはいいの。ねえ、もう一つお願いがあるの。聞いてくれる」

「何だ。今度はどこへ行きたいんだ」

「違うの。影山さん、超音波のピアノを持っているでしょう。私にも一度聴かせて欲しいの」

「聴くって言っても、音なんか何も聞こえないぞ」

「うん。彼から聞いたの。あのピアノを聴くと夢を見るって。ひょっとしたら、また彼に会えるかなと思って」

「うーん、分かった。じゃあ、先にコインロッカーから荷物をピックアップして、それから君の部屋へ行くか」

「ありがとう」

照子はわずかに涙ぐみ、そして作り笑いを浮かべた。照子も恋人の死と必死で闘っている風だった。九十九は、照子がまだ竹中のことを愛していると知り、少しは心が救われる思いがした。

照子が母と暮らしてきた部屋は、原宿駅に近い美術館そばの五階建てマンションの最上階にあった。南向きの六畳二間と決して広くはなかったが、小奇麗に片付き、品の良さを感じさせた。冷蔵庫の中の有り合わせで、照子はポルチーニのフリカッセを作り、二人で食べた。

「このキノコのシチュー、とっても美味しいね。パンととても合う」

田園調布育ちの九十九は、大雑把で安っぽい味を想像していたが、作り慣れているのか具材の味が引き立ち、お代わりした。竹中先輩と光男もそこにいるような気がして、部屋の中を何度も見回した。照子から「恥ずかしいから、あんまりジロジロ見ないで」と言われ、九十九は頭をかいた。

超音波ピアノをバックパックから取り出すと、照子は興味津々だった。

「意外と小さいんだ。分厚いノートパソコンみたい」

九十九が簡単に説明した。音はしないが、失神する可能性があり、照子にはベッドに横になってもらった。

「準備はいいかい。じゃあ、弾くよ」

九十九はショパンの「ノクターン第二番」「小犬のワルツ」「別れの曲」を弾いた。弾き終えて、照子を見た。目は閉じたままで、眠っているように見えた。九十九はシマッタと思った。帰ろうにも部屋の鍵がない。きっと鍵は彼女のズボンのポケットにあるはずだった。勝手に手を突っ込むわけにもいかず、仕方なく隣の部屋で寝ることにした。

九十九は久しぶりに夢を見た。山村光男が出てきて、お釈迦様と一緒に池の縁に立っていた。そこは金や銀、青い宝石の瑠璃、水晶など七宝で輝いており、九十九は光男が極楽に行けたのだと知って、うれしかった。

光男は、生まれる前に亡くなった両親とも会え、幸せだと話した。金を盗んだと責められて首を切ったが、みんなのことは恨んでいないと終始笑顔だった。夢に現れたのは、九十九に伝えたいことがあるからだった。

「出雲大社に行き、人々を救いなさい」とお釈迦様が言われているという。九十九が聞き返すと、「出雲大社で神職になってください」と光男は言った。「詳しくは御朱印帳に書きました」とも話した。意味が分からなかったので聞き返すと、光男は「御朱印帳を見て」と言って姿を消した。

メッセージを忘れないように、九十九は頭の中で繰り返した。これから巡礼の旅に出るつもりだったのに、神職になれとはあまりにも唐突で面食らった。

隣の部屋では照子が死んだように眠っていた。まだ日の出前だったが、随分と長く眠っていたので生きているか、声を掛けてみた。

照子は、自分がどこにいるのか理解するのに時間がかかった。暫くは視線が定まらず、宙を彷徨っていた。そして、少しずつ意識が回復しだすと、自分の部屋にどうして九十九がいるのか不思議がった。昨日の初詣で再会し、日光に「眠り猫」を見に行った話をすると、「あっ、そうそう」と思い出した様子だった。

九十九が夢を見たかどうか尋ねた。照子は暫く考え込み、ポツリポツリと話し始めた。

＊

夢は十五世紀頃、イタリア南部の風光明媚な町ナポリが舞台だった。マルコという少年がいて、両親と弟の四人で暮らしていた。マルコは大きくなったら画家になりたいと思い、石工の父の仕事を手伝いながら、暇があれば絵を描いていた。

ナポリの町はマルコのお気に入りだった。紀元前四七〇年にギリシャの植民地として誕生し、古代ローマ帝国時代の遺跡が点在していた。ナポリの南西にあるポジリポの丘に立つと、眼前に柿色の甍が波打ち、ナポリ湾の向こうにはベスビオ山が聳え立っていた。マルコはその致景を画帳に何度も描いた。イタリアはルネサンスの風が吹き、町のあちこちに芸術家が屯《たむろ》していた。年端もいかないマルコも彼らに刺激を受けた一人であった。

マルコは十八歳になったある日、とうとう我慢し切れずに行動に出た。フィレンツェにいる天才画家のミケランジェロに弟子入りしたいと父に打ち明け、出発することになった。

＊

「以上よ。夢で見たことをこんなにはっきりと覚えているなんて初めて」

照子は目を輝かせ、九十九の顔を覗き込んだ。

九十九は超音波ピアノを作ってから、やたらと夢を何かに結びつけたがる癖がついていた。だから、話を聞きながら、照子の場合はどんな暗示なのか一生懸命考えた。

しかし、照子の話はすぐに嘘だと分かる。九十九は光男からのメッセージを確認するため、出雲大社で買った御朱印帳を鞄から取り出し、開いてみた。

令和八年十二月十三日
参拝

そこまでしか書かれていないはずだった。だが、御朱印帳には続きがあった。

御朱印帳を買う。竹中浩三の通夜祭に参列

令和八年十二月十四日
神葬祭に参列。両親に手紙を手渡す

令和九年一月一日

バイクで浜松から東京へ向かう。明治神宮に初詣、若狭照子と再会。二人で日光へ行く。照子にピアノを聴かせる

令和九年一月二日
お釈迦様からのメッセージ。出雲大社で神職になり、人々を救うように。若狭照子はミケランジェロに弟子入りの夢を見る。金を盗み、父親を殺害したので嘘をつく。九十九は知らない振りをする

九十九は呆気に取られた。自分が辿ってきた過去が克明に記録されていた。さらに未来も記されていた。未来のことは、この通りに行動しないといけないのだろうか。そもそもこの御朱印帳は一体何なのだろうか。想像できるのは、これは光男との連絡帳だということ。これからも自分の行動が記録されるに違いない。ただ、御朱印帳は四十六ページしかなく、その後はどうなるのか、そんな疑問も湧いた。差し当たり、そこに書かれた通りに行動することにした。

照子は病院に母を見舞った後、浜松に戻るという。近くの喫茶店で一緒に朝食を食べ、二人は別れた。九十九は、照子に何度か夢のことを確かめようと思ったが、その度に御朱印帳の言葉が頭に浮かび、言うのをやめた。別れ際に照子に連絡先を聞かれ、そのうち出雲大社で働くと告げた。照子は鳩が豆鉄砲を食ったような顔をした。九十九は可笑しかったが、自分でも「そりゃそうだ」と思った。

とりあえず、出雲大社に神職のことで電話すると、神職養成制度があり、働きながら資格が取れると言われた。口が勝手に「すぐ働きたいのですが」としゃべっていた。仕事は来週から、最初の三カ月は研修期間との条件付きで採用が決まった。履歴書も何も提出せずに、電話一本で採用が決まるなんて不思議な話だった。これも光男が取り持ってくれた縁かなと思った。

急いで浜松のアパートに戻り、引っ越しの準備に取り掛かった。一階の大家に退去の挨拶に行くと、本来は一カ月前に通告する約束だが、これから神様に仕える人に文句を言ったら罰が当たると言って、特別に今月分を日割りにしてくれた。出雲大社からお守りを送る約束をし、一日で引っ越し作業を終えた。

出雲には全く土地勘がなかった。ホテルや旅館に泊まるぐらいなら、落ち着き先が決まるまでは、竹中家でお世話になれないかと思って連絡した。出雲大社で働くことになったと説明すると、大変喜んでくれて部屋はいくつか空いているから自由に使っていいと言われた。宿代はちゃんと払いますと言ったが、そんな必要はないし、ベッドも布団もある。身一つで来ればいいと言われた。話がとんとん拍子に進んだ。九十九は、折角なので温情に甘えることにした。

バイクで田園調布の実家に帰り、両親に仔細を説明した。二人ともピアノ工場を辞め、出雲大社で働くことに目を丸くしたが、超音波ピアノの話に心をそそられ、退職した話は二の次となった。

「自分たちにも試して欲しい」と言われ、すぐその夜にリクエストに応えた。ベッドに寝てもらい、J・S・バッハの「G線上のアリア」にパッヘルベルの「カノン」、グノーの「アヴェ・

マリア」を弾いた。翌朝は二人とも夢の話で持ちきりだった。

父一郎はドイツで小学校の先生をしていたという。みんなの前でピアノを弾き、歌を歌っていたと話すと、九十九も母雅子も大笑いした。雅子は「我が家に三人目のピアニストがいたとは驚きね。そのうち、お手並みを拝見するわ」と目に涙を浮かべ、笑いが止まらなかった。

母はイタリアでバイオリニストを目指す少女だった。しかし、高名な師匠からの厳しい指導に耐え切れず、橋から川に身を投げたと悲しい最期を口にした。この時の指導の影響からか、母は完璧な演奏を求める指導者となった。九十九は夢と現在の因果関係が、徐々に鮮明になっていく気がした。

一郎は、この不思議なピアノを基に童話を出版したら、今度こそ売れる作品になると目を輝かせた。九十九は超音波ピアノより、世の中にはもっと不思議なことがあると言いたかった。御朱印帳のことだった。自分の行動が次々と記録され、しかも、未来まで記されると父が知ったら、どれほど興奮するだろうかと思った。しかし、それについてはもう暫くは伏せておくことにした。

自宅一階の防音室には、ベーゼンドルファーとスタインウェイが相変わらず並んでいた。九十九はピアニストになる夢を諦めたが、母はまだ週に三日ほど生徒を教えていた。ラフマニノフの「ピアノ協奏曲第二番」が、二階の九十九の部屋まで漏れ聞こえてきた。第一楽章の荘厳な雰囲気は九十九のお気に入りだった。冒頭の和音は、教会の鐘の音が風に乗り、遠方から次第に強く響き渡ってきて美しかった。ただ、左手の和音はファからラ♭までの短十度の音程からなっていて、手の小さなピアニストには一度に弾き鳴らすことはできなかった。今、演奏している生徒もきっと手が小さいのだろう。和音が分散していた。

小さい頃から慣れ親しんだピアノの音色が、九十九の心を優しく包んだ。両親が外出するのを待って、九十九はピアノの前に座り、ショパンの「ノクターン第二番」を弾いた。この曲は四歳の時に初めて発表会で披露した曲だった。モーツァルトの「トルコ行進曲」は小学校一年の時に母とよく連弾した。ベートーベンの三大ソナタは中学時代にコンサートで演奏した。「月光」の第一楽章に続き、「悲愴」の第二楽章を詰まりながらも最後まで弾くと、難聴の兆候に不安と絶望を感じるベートーベンの孤独感、甘い感傷的な心の動きが自分と重なり合ってきて「熱情」には移れず、そこで鍵盤の蓋を閉めた。

とうとう音楽とは別の世界に旅立つ。この二台のピアノたちともいよいよお別れだなと思うと、目頭が急に熱くなった。未練はない。ただ、二十年間語り合ってきた親友との別れがつらかった。ひたすらピアノだけを弾き、この部屋で過ごした時間が、自分の人生だった。日記のように毎日母から注意された事柄を楽譜に書き込み、書き切れなくなると、同じ楽譜を買って、また書き込んだ。書き込みすぎて音符が読めない楽譜もあった。その思い出は、今は頭の中の書庫に作曲家順に並んでいるが、もう取り出す必要もなくなった。人の死は肉体の停止と、その思い出が忘れ去られた時の二度やってくると母から聞いたことがある。自分にとって、音楽の二度目の死が今やってきたのだと九十九は思った。二台のピアノに向かって頭を下げ、そして防音室をそっと出た。

明朝は、いよいよ出雲に向けて出発する日だった。風もなく、よく晴れて、まったりとした太陽が東の空に顔をのぞかせていた。浜松から荷物一式は送ったので、これといったものは超音波ピアノぐらいだった。母からは「事故に気をつけ、安全運転で」と注意された。父からは「帰ってきたら、また、そのピアノを聴かせてくれ」と言われた。

スーフォアの重低音を響かせ、東名高速道路から新名神高速道路、中国自動車道などを休憩を挟みながらゆっくりと走った。途中で三度の予定が七度も休憩し、約八百キロを何とか走り切った。澄み切った冬の空気は爽快さを通り越し、極寒のシベリア平原を連想させるほどの冷たさが骨の髄までしみた。サービスエリアのあったかいおでんやラーメンが最高に美味《うま》かった。そして、ついに出雲に辿り着いた。

竹中家の呼び鈴を押すと玄関の引き戸が開き、正浩と浜子の笑顔とおっとりとした声に、自然と顔がほころんだ。

「ようござっしゃった。くたびれたがね」

「お世話になります。急なお願いですみません」

九十九は冷え切った体を気遣われ、真っ先に風呂を勧められた。それから熱燗に焼き蟹、蟹すき鍋と申し訳ないほどの歓待を受けた。浩三の思い出話に花が咲き、初詣の明治神宮で照子に偶然会ったことなども話した。浩三の遺品はまだ照子からは届いていなかった。正浩は「まあ、急ぐ必要もないし、照子さんも忙しいだろうから」と言って、話は九十九の神職に移っていった。

翌朝、社務所へ履歴書持参で顔を出した。神職養成所の大社國学館への入学手続きも同時に行った。九十九は仕事が主のため、学生寮には入らず、竹中家から通うことになった。仕事と学業を両立するため、午前七時から午後六時というハードな日課になった。休みは毎週月曜日のみ。そして一年後に晴れて神職となる運びであった。

ところが、実際には出雲大社の行事をこなすのに神職でないと不都合なことが多かった。結局、二月半ばから一カ月間の階位検定講習会に参加し、直階《ちょっかい》という、権禰宜《ごんねぎ》になるための最低限の階位の資格を取得した。四月からは浅葱色の袴を穿き、見かけは神職として働いた。もちろん、大社國学館では学生と机を並べ、勉強することに変わりはなかった。

出雲大社の神苑が桜花爛漫を迎える頃には、九十九の日常生活も軌道に乗り始めていた。麗らかな日差しが包む昼下がりに、ひょっこり照子が出雲へやって来た。浩三の遺品を送り、挨拶がてら顔を出したのだった。竹中家訪問の後、九十九のいる社務所を覗き、からかい半分の笑い顔で右手を軽く上げた。

「こんにちは。本当に神社に就職したのね。白衣と袴姿がよく似合ってる。どこから見ても本物みたい」

「おい、茶化すなよ。どこから見ても本物さ。こっちは毎日真剣に神様に仕えているんだ。馬鹿にすると罰が当たるぞ」

「そう、その通りね。影山さんも一生懸命働かないと罰が当たるわよ。しっかりね」

いつの間にか、照子は軽口を叩くようになっていた。それだけ、浩三の死から気持ちの清算ができた証拠なのだろう。二人は社務所を出て、ゆっくりと境内を歩きながら話した。

「それで出雲まで大金叩いて何しに来たんだ。まさか俺の袴姿を見に来たわけでもないだろう」

「もちろんよ。実は影山さんに、謝ることがあるの」

「何だ、夢のことか。金を盗んで人を殺した話だろう」

照子はびっくりした。神職になったからといって他人の夢まで透視できるとは驚きだった。まさに神業としか言いようがなかった。

「何でそれ、知ってるの？　誰にも話してないのに。影山さん、突然神様から超能力でも授かったわけ？」

「まあ、いろいろとあってね。そんなことより、夢の話を詳しく教えてくれないか」

「ええ、分かったわ。こういうストーリーだったの」

照子はそう言うと、まるで本を読むかのように語り始めた。

＊

夢は十五世紀末から十六世紀初め頃、イタリア南部の風光明媚な町ナポリが舞台だった。少年の名前はマルコ。両親と弟の四人暮らしで、絵を描くのが大好きだった。父は石工でピエトロといった。マルコの指先の器用さは父親譲りで、息子たちが大きくなったら自分の仕事を継ぐものと父は思っていた。

しかし、マルコは大きくなったら画家になりたいと言い張り、父とよく衝突した。父は息子をよく殴った。腕力では敵わなかった。仕方がないので弟のルカと一緒に父の仕事を手伝ったが、目を盗んでは絵を描いていた。

マルコはナポリの町が好きだった。紀元前四七〇年にギリシャの植民地として誕生したこの町は、古代ローマ帝国時代の遺跡が点在し、いにしえの面影を伝えていた。ナポリの南西にあるポジリポの丘に立つと、眼前に柿色の甍が波打ち、ナポリ湾の向こうにはベスビオ山が聳え立っていた。マルコは画帳に何度もこのモチーフを描いた。イタリアはルネサンスの風が吹き、町のあちこちに芸術家が屯していた。年端もいかないマルコも彼らの話に耳をそばだて刺激を受けた一人であった。

マルコは十八歳になったある日、とうとう我慢し切れず、行動に出た。フィレンツェにいる天才画家のミケランジェロに弟子入りしたいと父に打ち明けた。すると猛反対され、こっぴどく殴られた。もう家にいるのは懲り懲りだと思い、旅費を何とか工面して家を出ることを決意した。しかし、資金は思うようには溜まらなかった。父親の金につい手を出してしまったのが、不幸の始まりだった。

背丈で上回るマルコは、取っ組み合いの喧嘩でも父親にもう負けなかった。揉み合いから父を突き飛ばした。その時、運悪く父の頭が柱に強くぶつかり死んでしまう。父親殺しは厳罰だった。公開処刑場での斬首と決まっていた。病弱の母と弟を残し、マルコは涙ながらにフィレンツェへ逃げるしかなかった。しかし、そこにいるはずのミケランジェロは、システィーナ礼拝堂の天井画の仕事でバチカンに移っていた。夢にまで見た弟子入りは結局叶わず、数年後には母も病気で亡くなった。

＊

九十九は大きくため息をつき、照子の顔を見据えて「見た夢は君の前世かも知れないな」と話した。

「それって、どういうこと？」

「つまり、前世でやった罪を、現世でもまたやってしまったということさ」

「えっ、意味がよく分からない」

「人がこの世に生まれてくるのには何か理由があるんだ。やるべきことを果たし、してはいけないことはしない。これが重要なんだ。君は前世でお金を盗んで両親を失った。それが現世に引き継がれた宿題で、現世でも再びお金を盗み、それで最愛の人を亡くした」

「そんな。私はただお金を借りただけよ」

「先輩に黙ってね」

「まあ、そうだけど。絶対に返すつもりだったのよ」

「それでも、それは良くない行為と判断されたんじゃないかな」

「それって、浩三さんが死んだことと関係があるの？　浩三さんの自殺は、若い人が原因じゃないの？」

照子は、竹中浩三と山村光男の自殺についての真相を知らなかった。九十九は、はっきりと「お前が先輩の財布から金を盗んだせいで、二人が自殺したんだ」と言ってやりたかった。だが、竹中先輩が何も言わずにあの世まで持って行った秘密を、自分が暴露することは死者への冒涜に値すると思った。もし、照子に真相を話したら、今度は照子が命を絶つかも知れない。そうなると、その責任は自分ということになる。罪の意識を背負う負の連鎖をどこかで断ち切らないといけない。二人は素鵞川《そがかわ》に架かる祓橋《はらえのはし》の上にいた。九十九は、照子の顔から視線をそらし、川面を見やった。花風に舞って、桜の花びらが花筏《はないかだ》を作り始めていた。その花びらの儚さが、九十九の心には妙に痛々しかった。

「まあ、来世でもきっと同じ宿題が出ると思うよ。厄介なのは前世の記憶は生まれてくる時に消えてしまうということなんだ。だから、自分の宿題が何なのか分からない。気付かないから何度でも同じ過ちを繰り返し、いつまで経っても苦しみの輪から抜け出すことができないんだ」

照子はそう言われると幾つか身に覚えがあった。高校時代の友達からお金を借り、そのままになっていた。今までコーヒー代程度の少額だからいいかと思っていたが、お金にだらしないと言われれば、その通りであった。

「それって、今からでもまだ間に合うのかな」

「さあ、俺に聞かれても困るよ。でも、あのピアノを作ってから不思議な夢を見るようになった。その夢は何なのか。俺なりに考えた結論が今言ったことさ。正しいか、間違っているか、それは分からないけど、そんな気が俺にはするんだ」

照子は色を失った。

「お母さん、私のせいで死んじゃうのかな。そうなったら私、間違いなく地獄に落ちちゃう。そんなの絶対嫌だから」

病床の母の力ない笑顔が、照子の瞼に浮かんだ。早く何とかしないといけない。今度は母の命が取られてしまう。そんなことは絶対避けなければいけない。明日、東京に戻ったら、すぐにお金を返そうと心に誓った。

「ねえ、お母さんのために一緒にお祈りしてくれないかな」

九十九は御朱印帳のことが頭を過った。そう言えば、忙しくて最近は光男からのメッセージを覗いていなかった。本殿に向かう途中で社務所に寄り、慌てて鞄から御朱印帳を取り出し開くと、明後日の日付で「影山白と名乗る」と書かれていた。

シロ？　ハク？　意味がよく分からなかった。名乗るという意味は名前を変えるということだろうか。照子が待っていたので、御朱印帳を鞄に戻し、本殿へ参拝に出た。歩きながら九十九は「カゲヤマ・シロ、カゲヤマ・ハク」とさっきの名前を頭の中で唱え、名前がピンボールのように下に落ちてきたところをまた上へと弾き返していた。

# 第七章　因縁生起

自分が見た夢が前世だとすると、九十九は祖父の生まれ変わりということになる。人生をやり直さなければいけない理由は何か。それを考え続けたが、答えは見つからなかった。他人のことなら、夢から容易に推察できた。しかし、それが自分のことになると、合わせ鏡のように疑問のルフランに閉じ込められてしまうのだった。

祖父の龍之介は出版社に勤め、総務部長時代には会社の赤字に責任を感じ、自殺さえ考えた。ところが社長に認められると一転、人生が変わった。役員となり、田園調布の豪邸に住み、義父母と一緒の生活や待望の子宝にも恵まれた。しかし、その矢先に撲殺される数奇な運命を送った。犯人はいまだに見つかっておらず、迷宮入りとなった。ただ、祖父の死は妻子に多額の保険金をもたらし、人間万事塞翁が馬を地で行く人生でもあった。

禍福はあざなえる縄の如しとはよく言ったものだと九十九は思った。人生は何が幸で、何が不幸となるかは予測がつきにくい。運命に翻弄され、その苦楽に一喜一憂することの浅はかさが、自分の宿題かと思ったが、違う気もした。考えれば考えるほど、蜘蛛の巣でもがく蝶のように、得体の知れない恐怖が近づく不安を覚えた。そう思うのは、祖父の夢で同じような光景を見たからかも知れなかった。

祖父は悪人ではなかった。しかし、幸福な人生を掴みかけたところで殺された。それには何か理由があったはずだ。死んだ光男が最初に夢の中で語りかけてきた言葉がある。お釈迦様が説く、やってはいけない五つの教えだった。

一、嘘をつかない
一、執着しない
一、見栄を張らない
一、恨まない
一、嫉妬しない

複雑多様な人間関係の中で、この五つの負の感情に負けると魂が穢れるという。だから、一日一日を平穏無事に過ごせた日には、感謝の気持ちを忘れてはいけないと諭された。

九十九は「白」の字は、白寿の九十九歳につながり、ツクモと読むのだろうと想像した。詳しく調べると、やはりツグモと読み、清い、汚れがないとの意味があった。明らかにする、告げるという意味もあり、「九」という苦労や苦しみを連想させる名を捨て、清く汚れのないものになり、人々に正しく進む道を教えるのが使命ではないかと解釈した。

そのために出雲大社に呼ばれた。「影山白」と名前を変えることで人生をリセットし、真っ白な状態から再スタートする。そう思うと、心の底から魂の震えが込み上げ、鳥肌が立ってきた。

照子は翌朝一番で東京に帰った。高校時代の友達に借金を返済するため奔走した。

「千秋《ちあき》、久しぶり。今日ちょっと会える？　この前借りていたお金を返したいの。ランチでも一緒にどう？」

「へえー、お金のこと覚えていたんだ。もう一年以上も前のことだし、忘れたのかと思ってたわ。じゃあ、今日は照子の奢りよ。いいわね」

「分かったわ」

照子は、わずか二千円を返すのに、それ以上のお金がランチ代に消えることが疎ましかった。しかし、母の命のためだと思うと、割り切るしかなかった。

次は葵衣《あおい》だった。今度はランチじゃなくて、コーヒーだけで済ませようと思った。

「ねえ葵衣、元気？　借りていたお金を返したいの。今日、時間ある？」

「借りていたって？　あれは貸したんじゃなく、あんたが私の財布から盗んだのよ。今頃になって罪の意識が芽生えたってわけ？　喜んで返してもらうわ。いつでもいいから会社に持って来て」

わずか三千円のことで親友を泥棒呼ばわりするのかと照子は憤慨した。あれは財布から盗んだんじゃない。手持ちが足りなかったから、葵衣が出した一万円のお釣りを返さず「三千円貸してね」と言って支払っただけのことだった。彼女の家は金持ちで、いつも千円札を「端金《はしたがね》」と言っていたくせに、ひどい言い掛かりだと怒りを覚えた。あと二人に連絡しないといけなかったが、とてもそんな気分ではなくなった。辛気臭く、嫌気も差した。残りは明日に回すことにした。

葵衣との一件があったので、千秋に会うのも憂鬱になってきた。しかし、全ては母のためだと自分に言い聞かせ、待ち合わせの店に向かうことにした。

「悪いわね。照子の奢りだって言うから、ランチ、高いお店にしちゃった。ここのランチはコースがとっても美味しいの。きっと気に入ってくれると思うわ」

二人でランチに八千円もかかった。借金の二千円を返すのに痛い出費だった。照子は、今月は贅沢をやめて食費を切り詰めるしかないと苛立たしい思いだった。ただ、千秋からは葵衣の情報をもらい、それなりの収穫はあった。葵衣は父親が株で失敗し、何億かの大損をし、妙に世知辛くなったという。

照子は千秋と別れた足で葵衣を訪ねた。彼女は、父親が経営する先物取引会社の秘書課にいた。

「葵衣。はい、これ」

「あんた、本当に持って来たの。こんな端金、どうだってよかったのに」

「そうはいかないわ。電話ですごく葵衣が怒ってたから」

「ああ、そうね。あれは私の勘違い。ゴメンね。別の人と照子を間違えていたの。後で気付いたけど、電話を切った後だったから、まあいいかと思って」

照子は疑いが晴れ、安堵していいはずなのに、余計に腹が立った。よっぽど父親が株で大損したことを、気の毒がって見せようかとも思ったが、母の顔がちらつき我慢することにした。

やはり、早い方がいいと、残りの真理《まり》と澪《みお》にも連絡した。二人は忙しそうだった。お金のことは覚えていたが「特に今、お金に困っていないから、また今度」と言って、電話が切れた。

これで四人への義理は一応果たした。今度は母ではなく、影山の顔が浮かんだ。昨日別れたばかりなのに、なぜかまた会いたくなった。自分でも不思議だったが、好きという恋愛対象ではないのに、そっと寄り添っていたいと思った。気が付くと電話の短縮ダイヤルを押し、スマホから彼の張りのある声が聞こえてきた。

「おい、どうした。何かあったのか」

「ううん、何でもない。ただ、ちょっと声が聞きたかっただけ」

「何だ、びっくりさせるなよ。まさか、これから自殺するんじゃないだろうな」

「違うわよ。馬鹿ね。私、自殺なんて絶対しない」

照子は可笑しかった。自分のことを気にしてくれる人がいる。そう思うと、うれしくて心が温かくなる気がした。

「おい、聞いてるか。間違っても自殺なんかするなよ。俺の周りは自殺者ばかりで、君まで自殺したら、俺は自分のことを死神と呼ぶしかなくなる。分かったら、自殺なんか絶対するなよ」

「ええ、分かったわよ。そう何回も言わなくても大丈夫。ねえ、影山さん、聞いてる？　私、またそっちに行ってもいいかな」

「そっちって、今朝までこっちにいたんじゃないか。何言ってるんだ。お母さんの看病をしっかりしてあげないと駄目じゃないか」

「うん、そうね。そうする」

「おい、元気出せよ。ところで金は友達に返したのか」

「うん、四人のうち、二人には返した。あとの二人にも連絡して、また今度ねということになった」

「そうか、それはよかった。じゃあ、切るぞ」

電話は照子が返事する間もなくプツリと切れた。突然、低く垂れ込めた自動車の騒音やアスファルトを踏みしめる雑然とした雑踏の足音に、照子は身震いした。今まで都会の中の孤独を意識したことはなかった。しかし、何の胸騒ぎだろう。初めて大都会で心に寂寞とした埋め難い虚無感が広がるのを感じた。それは猛獣が足音を忍ばせ、近づいてくるような異様な切迫感に似ていた。

スマホが鳴った。「はい、若狭です」

「若狭照子さんですね。原竹病院です。若狭《わかさ》桂子《けいこ》さんが、また発作を起こされて……。すぐ病院に来られますか？」

「えっ、そんな。お母さんが……」

慌ててタクシーを拾い、大手町から表参道へと駆けつけた。桂子は意識を取り戻していた。

「お母さん、お母さん、しっかりして。私のこと分かる?」

桂子は薄緑色の酸素チューブを鼻に挿入されていた。照子の言葉に、小さく頷く顔が無理に笑おうとして痛々しかった。照子は、母の手を優しく両手で包み込み、その温もりを感じ取ろうとした。桂子は「照……、照子……」「照子……」と繰り返し名前を呼んだが、息が絶え絶えで言葉を継げなかった。まだ四十三歳という年齢なのに、すっかり痩せ細り、やつれた顔をしていた。

桂子はその夜、二度の発作を起こし、持ちこたえられずに幽明境《ゆうめいさかい》を異《こと》にした。穏やかな死に顔だった。それだけが照子にはせめてもの救いだった。

「お母さん」

照子が消え入るような声で呟いた。だが、返事はなく、照子もその後は声にならなかった。か細い母の体にしがみつき、肩を震わせ何度もしゃくり上げた。

母一人娘一人で育てられてきた。親孝行できたかどうか。その答えを求める前に照子の胸には影山の言う「人生の宿題」の言葉が突き刺さった。前世でお金を盗み、父を突き飛ばして死なせ、現世でもお金を盗み、恋人も母親も失った。照子は自分の人生を呪った。独り残されたかと思うと、生きる気力が一気に萎えていく気がした。

人はなぜ愛する人を残して死んでいくのだろう。死は、貧富貴賤に関係なく、平等に訪れると教えられた。しかし、人はなぜ死ななければいけないのだろう。それは、誰も教えてはくれなかった。

生まれた日から死ぬ日に向かって人は歩く。どうせ死ぬのなら、生きる意味を求めて宿題に苦しめられる必要などあるのだろうか。どうせ死んで、生まれ変わって、またやり直すのだ。こんなにも愛する人たちと悲しい別離を繰り返す難行苦行はもう沢山だった。照子は自殺して全てを終わらせる方が、どれだけ楽だろうかと目を伏せた。

咄嗟にスマホのリダイヤルを押していた。不機嫌そうな寝ぼけた声が聞こえてきたので、慌てて切った。

すると、すぐ折り返しの電話が掛かってきた。

「おい、どうした。何かあったのか、こんな夜中に」

懐かしい声だった。

照子はその声の温もりを感じながら、じっと無言でいた。

「おい、大丈夫か。聞こえているか。何とか言え」

九十九は昼間の電話といい、何か異変が起きていることは察知していた。声を聞くまでは安心して眠ることはできない。ひたすら、スマホに向かって声を荒らげた。

「おい、聞こえているか。聞こえているなら返事をしてくれ、照子さん」

初めて「若狭さん」と言わず「照子さん」と名前で呼んだ。

「はい……」

糸のようなか細い声でやっと言葉が返ってきた。

「影山さん、お母さんがたった今、死んじゃった」

照子は嗚咽し、切ないほどの弱い息を繰り返した。九十九は黙ってそのむせび泣く声に目を伏せ、じっと聞き入っていた。

しゃくり上げるような鼻をすする音に、苦しげに咳き上げる音が混じった。静かになり涙が出尽くしたかと思えば、目をこする音がして、またしくしくと泣き出した。

「影山さん、まだ起きてる？　こんな夜中にごめんなさいね」

「大丈夫だよ」

「ありがとう。影山さん、私、独りになっちゃった」

そう言って、電話はプツリと切れた。

「おい、照子さん。聞こえてるか。おい」

九十九の声は、照子にはもう届かず、虚しくただ自分へと跳ね返ってきた。それから、その夜は一睡もできずに朝を迎えた。

九十九は浜子が起き出すのを待って、台所へ行き、照子の母が亡くなったことを告げた。これから社務所へ行き、暫く休暇をもらって照子を見舞い、通夜・告別式の手伝いをしてくるつもりだった。

「私たちもすぐ追い駆けるから。様子が分かったら知らせてね」

浜子は急いで朝食の支度をし、正浩を起こしに行った。

照子は、母の急逝に心の準備が何もできていなかった。看護師に尋ねて葬儀社を紹介してもらうと、死亡診断書を添え、早めに役所に死亡届を提出しないといけないと言われた。何かをして気を紛らわしていないと自分が変になりそうだった。とりあえず、役所へ行くと、事務手続きはあっけなく終わった。戸籍への記載・住民票の抹消が行われ、これで書類上も母は死んだことになる。そう思うと自然にまた涙が込み上げてきた。右手にハンカチ、左手に相続手続きで必要な戸籍謄本を握っていた。

暫く涙が止まらなかった。悲しみの涙を堰き止めたのは、意外にも戸籍謄本だった。

照子の父親は、母親の桂子よりもかなり年上で、照子が生まれてすぐに病死したと母からは聞かされていた。写真はあったが、会った記憶はなかった。だが、戸籍謄本によると、病死ではなく離婚と記録されていた。名前は寺下邦雄《てらしたくにお》、満年齢で六十歳だった。スマホで名前を検索してみた。スポーツ選手、政治家、高校教師……。数人を検索できたが、いずれも三十代から四十代と年齢が若かった。たまたまヒットした中に、二十年前の新聞記事があった。「親子三代の詐欺師、寺下一家また御用」の見出しが躍っていた。祖父の宗弘と父の圭介の銀行詐欺事件に続き、息子も保険金殺人で逮捕され、無期懲役とあった。まさか、この人が私の父親なのか。即断はできないが、母から父方の実家の話を聞いたことがなかった。口にできなかった事情はこのことだったのだろうか。離婚し、名字を母方の旧姓に戻したのには、それなりの理由があったのだと合点がいった。父親に一目会いたい気持ちはあったが、無期懲役の殺人犯では恐ろしさの方が上回った。本当にこの人なのか。事実確認はできていないが、突然降って湧いたような話に、照子は知らなければよかったとさえ思った。犯罪者の血を引いて生まれてきたと考えるだけで鳥肌が立ち、ガタガタと体が震えてくるのだった。

九十九は羽田空港に着くと、照子に電話した。既に日は中天を目指していた。

「照子さん、大丈夫か」

「………」

照子は声が出なかった。

「今、どこにいる？　お母さんの通夜と葬儀の手配はどうなっている？」

「………」

何かをしゃべらないといけないとは思ったが、気が動転してそれどころではなかった。

「おい、聞こえているか。今、どこにいる」

「あ……、はい」

やっとのことで声を振り絞った。声が出たことで少し楽になった。

「今は原宿の区役所にいるの。これから原竹病院に戻って葬儀屋さんと打ち合わせをすることになってる」

「分かった。俺もすぐそっちに行く。今、羽田だから、そんなにはかからないと思う」

「ありがとう。来てくれたんだ」

「ああ、心配だからな」

「大丈夫。私、自殺なんかしないから」

「ああ、分かってる。じゃあ、また後で」

九十九はそう言うと、電話を切った。照子はもう一度、戸籍謄本に載っている父親の名前を確認した。何度見直しても同じだった。殺人犯と無期懲役という二つの言葉がどんどん大きな怪物へと成長し、恐ろしくて仕方がなかった。もし釈放されて自分に会いに来ることがあったら、どうすればいいのだろうと、そればかりが頭の中を堂々巡りした。

九十九は、途中でコンビニに寄って香典袋を買った。一万円札を入れ、表に「影山白」と初めて書いた。何度もその字を眺めた。少し違和感はあったが、悪くないなと自然と頬が緩んだ。

照子は母の遺体と一緒に近くの葬儀場へと移動した。

白も病院で場所を確認し、駆けつけると照子に香典をすぐ手渡した。

「わざわざ来てくれて、ありがとう。影山さん、名前はハクっていうんだ。初めて知ったわ」

「ハクじゃないよ。ツクモだよ」

「えっ、これでツクモって読むの？　絶対読めないわ」

照子が少しだけほほ笑んだ。それを見て、白《つくも》はホッとするものを感じた。

「本当は九十九と書くんだ。でも、いろいろとあって今日から白に変えたんだ。きちんとリセットしないといけないと思ってね」

「リセット？」

「うん、実は内緒だけど、俺、すごい物を持っているんだ。死んだ人からメッセージが届く日記帳なんだ」

「何、それ、オカルト？」

「違うよ。俺の弟分で山村光男というのがいてね」

「ああ、自殺した少年ね」

「うん。その光男から時々メッセージが届くんだ。それに『白と名乗る』と書いてあって、それで改名したんだ」

「えっ？　そんなことってあるの。ねえ、私もそれ、見たい」

「うん、いいよ。でも誰にも言っちゃ駄目だよ」

「分かった。二人だけの秘密ね」

「そう、秘密だ」

照子は目を輝かせた。それを使って自分も死んだ母や浩三と連絡が取れないかと密かに期待した。二人とはまだまだ話したいことがたくさんあった。


白からの連絡を受けて、竹中夫妻もその日のうちに新宿の斎場に駆けつけた。

「照子さん、この度はお悔やみ申し上げます。寂しくなるわね」

「竹中のお母さん、お気遣い、ありがとうございます。お父さんも遠いところを来ていただき、ありがとうございます。香典もありがとうございました」

「明日がお通夜で、明後日が告別式でしょう。何か、お手伝いできることはないかしら。何でも言ってね。人手は多いに越したことはないわ」

「はい、そう言っていただけると助かります。でも、私も何をしたらいいのか分からなくて。全て業者さんにお任せしているんです」

「ご親戚とか、お母様のご友人、お仕事の関係先などへはもう連絡したの」

「特に親戚はいませんし、母が働いていたお店、この近くなんですけど、そこには連絡しました」

「そう。それじゃあ、とりあえずは大丈夫そうね。ところでお母様はどこがお悪かったの」

「膵臓です。ガンだったんです。見つかった時には末期で、かなり厳しいと病院の先生には言われていました。それでも、まさか、こんなに早く亡くなるなんて思ってもみませんでした」

「ご親戚もいないって言ったけど、照子さん、あなた、お一人なの」

「ええ、別に兄弟もいません」

　照子は知ったばかりの父親の存在については、口が裂けても言えないと思った。

　四十三歳で力尽きた桂子には、それほど友人もおらず、近所付き合いも東京特有の希薄さで通夜に顔を出した人は十人にも満たなかった。桂子は青山でブティックを開くためにずっと表参道のブランド専門店で働いていた。店のオーナーによると、照子と一緒に店を経営するのが夢で、お金もかなり溜まってきて、もう少しだと話していたという。

　照子にはそんな話は初耳だった。清貧な生活を小さい頃から送り、「自分たちは母子家庭で貧乏だから、贅沢はできない」が母の口癖だった。一体、母はいくら貯金していたのだろうか。告別式を終えたら、荷物整理を含めて調べる必要があると照子は思った。

告別式は特に新しい参列者もなく、結局自分たちを含めて十人程度でしめやかに行われた。火葬が済み、骨壺を抱いた喪服姿の照子が楚々として哀しみを誘った。色白ですらりと背の高い照子は、谷あいに咲く一輪の白百合のような健気さと脆くも崩れてしまいそうな危うさが同居していた。白は竹中浩三の葬儀でも見かけた、照子のハンカチの白と、自分の新しい名前との因果関係をずっと考えていた。

葬儀の全てが終わり、浜子は照子をホテルのロビーへと誘った。白を加えた四人でコーヒーを飲みながら、照子の今後について尋ねた。夫妻は一人息子を亡くし、浩三と近い関係にあった白と照子については家族のような親近感を抱いていた。

「照子さん、浩三はいなくなってしまったけど、あなたと出会ったのも何かの縁だと思うの。これから一人で生きて行くのに何か困ったことがあれば、遠慮なく私たちに相談してちょうだい。それから、時々は出雲の方にも遊びに来てね。旅費ぐらいは出しますから。あなたが遊びに来てくれることを浩三も願っていると思うの」

「竹中のお母さん、ありがとうございます。そう言っていただけると、私もうれしいです。今はまだ母が亡くなったばかりで、これからどうすればいいのか、考えられなくて……」

照子は浜松の会社を辞めるかどうかで迷っていた。母が亡くなったばかりで、思い出が凝縮した原宿を去り難かった。母が働いていた店のオーナーからは「店を手伝って欲しい」と誘われていた。一方で、父の存在が心に重くのしかかってきていた。母が亡くなったことで、突然、父から連絡が来るかも知れない。その時、どうすればいいのだろうか。本音を言えば、父の知り及ばないどこか遠くへ行ってしまいたいという気持ちが強かった。いっそのこと、こんなに気遣ってくれる人たちがいる出雲で暮らせれば、どんなに幸せかなとも思った。

正浩は白の顔に視線を送った。白は何か自分も話せと言われているのだろうなと悟った。

「四十九日には納骨もあるし、今後のことはゆっくり考えたらいいと思うよ」

照子はただ頷くだけだった。

白は「出雲に遊びに来たらいい」とは言わなかった。心の中で照子の罪に対して、ずっと許せないものを引きずっていた。言い終わって、はっとした。リセットして心を真っ白にする。そのための名前のはずだった。だが、自殺した光男から夢で「他人を恨まない」と言われたのに、負の感情に支配され、リセットできていない自分に気付いた。

ホテルを出ると、夫妻と照子、白は、散り散りに別れた。白は田園調布の実家に帰ったが、照子に言えなかった言葉が気にかかり、電話した。

「一人で大丈夫かい。かなり疲れているようだったけど」

「ありがとう。今、部屋の片付けをしているところ。昔の写真がたくさん出てきて、それに見入ってしまって、全然片付かないわ。不思議ね。母が生きていた時は、こんな写真のことなんか気にもしなかったのに」

「まあ、得てしてそういうものさ。人間は二度死ぬんだ。最初は肉体的に医者から死の宣告を受けた時に。二回目は人々の記憶から消えた時だ。死んだ人の霊は、人々の記憶に残っている限りは法要とかお盆とかに、死後の世界からその人のところへ戻って来られるんだそうだ。でも、一旦記憶から忘れ去られると、もう死後の世界からはやって来られなくなる。だから、お母さんのことをいつまでも覚えていてあげることは、とても大切なことなんだ」

「そうなの。分かった。忘れないようにする。写真も大切にするわね」

「それがいいよ」

「ねえ、影山さん。影山さんは、私が出雲に遊びに行っても歓迎してくれる？」

「ああ、歓迎するよ。もちろんだとも」

「ありがとう。そう言ってもらって、私、うれしい。浩三さんと、もし、結婚していたら、竹中のお母さんやお父さんと一緒に暮らすかも知れなかったわけでしょ。あんなに優しい人たちと一緒なら幸せだろうなと思うの。名前だって竹中照子になっていたわけだし……。影山さんは、白に名前を変えて何か変わったことがあった？」

「うん、まあ、ちょっととはね」

「それって、どんなこと。教えて欲しいな」

「うん、また今度ね。まあ、今日は葬儀で疲れただろうから、早めに休んだ方がいいよ。話せてよかった。じゃあ、また連絡するね」

白はそう言うと、またさっさと電話を切った。照子は独りにされると、また得体の知れないものが忍び寄ってくる気配を感じ、背筋がぞくぞくする気がした。白の言う通り、こういう日は早く寝るに限る。部屋の片付けは明日に回して、布団の中に入ることにした。

白はここ数日の疲れがどっと出て、すぐ夢路を辿り始めた。照子によく似た長い黒髪の美女が現れ、何かを伝えようとしていた。その声が聞き取りにくくて、白は何度も聞き返した。しかし、何度聞き直しても理解できなくて「君の名は？」と尋ねた。

「暮田佐和子」女がそう名乗った瞬間、白は驚き、目が覚めた。

暮田佐和子は、竹中浩三の前世と思われる女性だった。先輩が何かを自分に伝えたがっている。それが、何なのか。なぜ先輩ではなく佐和子の姿なのか。白には不可解だった。

佐和子は有能な銀行員だった。しかし、男に金を騙し取られ、恋にも破れてアイデンティティクライシスに陥り、どうすることもできずに海に身を投げた。それが自分とどう関係しているのだろうか。考えられるのは、やはり照子のことだった。強がってはいたが、心のどこかに大きな不安を抱えているように思えた。出雲で竹中夫妻と一緒に暮らしたいような話まで口に出たのはそのせいではないか。佐和子の姿を見て、照子と容姿が似ていることにも驚かされた。だから、竹中先輩が照子に強く惹かれたのも頷ける気がした。

白は、佐和子の夢を見たのは偶然ではないと思った。こういう時は、御朱印帳に限る。光男から何かメッセージは届いていないかと開くと、案の定そこには佐和子と照子の名前が書かれていた。

令和九年五月九日
若狭桂子が死去

令和九年五月十一日
若狭桂子の葬儀
WAKASATERUKO
KURETASAWAKO

漢字でもひらがなでもなく、ローマ字だった。あえてそう書かれていることに意味があると思った。これはもしかしてアナグラムという文字の置き換えじゃないか？ と思った。順番を入れ替えていくと、やはり二つの名前は同じ文字から成り立っていた。偶然ではなく何かの因縁を持って生まれてきた二人の女性。その佐和子が何かを訴えたがっている。それなのに、言葉が何一つ聞き取れなかったのはなぜだろう。白は初めてそんな経験をし、もどかしかった。重い気持ちで外が段々と白むのをカーテン越しに見ていた。こういう時はバイクを思い切り飛ばすに限った。しかし、バイクは出雲に置いてきた。モヤモヤが募り、早く夢を解読しなければと心が急いた。

そもそも夢はなぜ見るのだろうか。人はなぜ眠るのだろうか。疲労回復のためという確たる証拠はないと専門家は語る。しかし、睡眠を取らなければ、脳と肉体が参って死ぬことは確実だとされた。人間より睡眠時間が極端に少ない虫や鳥もいる。それでも眠らない生き物はいない。現代科学でも眠りの全容は解明されておらず、謎だらけだった。

夢を見るために人は眠るのだろうか。夢は急速眼球運動（レム）状態の時に見るという。その時目覚めれば夢を覚えていて、ノンレム状態だと夢の記憶は失われる。科学者は、脳に溜まった情報の整理・消去の過程で夢を見ると推測するが、それも定かではない。ましてや前世の夢についての科学的な解明は、まだまだ先になりそうだった。しかし、白にとって、それが現実に起きている以上は、何とかしないといけない問題だった。

竹中夫妻とは羽田空港で待ち合わせをしていた。三人で出雲に戻る機内でも、照子のことが話題の中心となった。

「浩三が生きていたら照子さんとはもう結婚していたかも知れないわ。だって、あちらのお母さんが元気なうちに式を挙げたいって普通思うでしょう」

「浜子、そんなことを言っても仕方がないよ。浩三はもういないんだから」

「私、照子さんが他人とは思えないの。自分の子供のように思える時があるの。白さん、実は浩三は双子だったの。でも一人は死産でね。結局生まれてきたのは、浩三だけだったの」

白は息が止まるかと思った。竹中先輩にきょうだいがいた。男か女かは不明だが、ひょっとすると、ひょっとする。その生まれ変わりが照子なのではないか。アナグラムは、同じDNAを指しているのかも知れない。照子の前世の記憶が、遠く中世ルネサンス時代にまで遡る理由は、生まれ出る前に死んだから、その記憶が存在しないのではないかとも想像した。母と子の強い絆が、浜子には照子への強い愛慕となって残っているのかも知れなかった。科学的な証明はとても無理だが、白には筋が通った気がして、夫妻にすぐそのことを話した。

単なる当てずっぽうかも知れなかった。それでも、浜子は感情が高ぶり、涙が止まらなくなった。腹を痛めていない男親には、心に響かないことかも知れなかった。正浩は「そんなことってあるのかね」としきりに首を傾げた。もちろん、白の勝手な推測であった。確証はない。ただ、理屈を超えてアナグラムに加え、佐和子と照子の顔が双子のようによく似ていたことも、白にそう思わせる根拠であった。

照子にこのことを話すのはまだ早い気がした。四十九日の法要までは、静かに一人で自分の将来を考える時間をあげたいと思った。

白は、自殺した山村光男もまた双子で生まれ、一人は死産だったことを思い出した。光男と浩三もまた不思議な接点で出会ったように白には思えた。全ては因縁生起で関わり合い、善因善果、悪因悪果である。光男は泥棒呼ばわりされても竹中を恨むことも、食ってかかることもせず、じっと耐えた。極楽に行けたのは、仏教で三毒の一つと言われる怒りの感情の「瞋恚《しんい》」の炎を克服したからではないかと白は思った。

人間は煩悩と呼ばれる欲望があるために、思い通りにならないことで悩み苦しむとお釈迦様は説く。その数は一般に一〇八とされるが、由来は諸説存在し、一つではなかった。一〇八の数は、煩悩を分類分けしたところの九十八随眠《ずいめん》と人の悪い心を意味する十纏《じってん》の合計とする説。四苦八苦という言葉から4×9＋8×9という計算式もあり、様々だった。

白は、輪廻転生に始まり、人の生死については仏教を通じて多くを考えさせられた。しかし、自分が寺の住職ではなく、なぜ神社の神職になる必要があるのか。そこも分からなかった。お釈迦様が「出雲大社へ行き、人々を救いなさい」と光男を通して語った真意は何なのか。自分探しの長い旅に思えた。

# 第八章　見えない糸

宗教とは何か。疑問を大上段に振りかざすとそんな意味合いになる。仏教だけではなく、キリスト教にイスラム教、ヒンドゥー教など、世の中にはたくさんの宗教があり、人々の信仰する神や仏が別々に存在するのはどういうことなのか。宗教家なら、そんな大海原に向かって小舟を漕ぎ出す冒険もいいのだろう。だが、影山白は無宗教で不可知論者でもあり、それでいて多神教徒でもあった。そもそも信仰心を持たない平凡な人間であった。

もちろん、クリスマスを祝い、大晦日には寺の除夜の鐘の音に耳を傾け、初詣は神社へ参拝に行った。交通安全や開運成就のお守りを大切にし、結婚式を挙げるなら神前式、葬儀は仏式かなと思っていた。信仰心の篤い一神教の外国人からすれば、軽薄で奇異だった。だが、日本で生まれ育った一番スタンダードな日本人像と言えた。その自分が神職に就いた理由は、お釈迦様から使命を授かったからだった。

後押ししたのは、光男から届く過去と未来のメッセージだった。それほど、魔法の御朱印帳の存在は、白にとっては運命のように絶対的で大きなものだった。

神道の起源は、日本人の遠い祖先の時代に遡る。人々の生活に根付いた信仰の形が、独自の民族宗教へと発展したものだった。仏教との根本的な違いは、開祖が存在せず、教えや経典がないことだった。農耕や漁労などを通じて太陽や月、山、木、岩など自然界の森羅万象に接し、人々はそこに生命力を感知し、神が宿ると考えた。豊作や自然災害は神々の成せる御業であった。人々は生活共同体の平安と子孫繁栄を願い、神を祀る社を建て、神社と呼んだ。この日本固有の信仰が、六世紀に伝来した仏教と区別するため、神道と名付けられたのだった。

若狭照子の母、桂子が五月に亡くなってから烏兎《うと》匆々《そうそう》で、四十九日の忌明けがもう来ようとしていた。仏教の四十九日は、命日から七日ごとに死者が極楽浄土へ行けるかどうかの裁判が行われ、その最後の判決が出る日を意味していた。

朝から盛夏に付きものの茹だるような強い日差しが照り付けていた。ジリジリと油で揚げたような油蟬の鳴き声に、シャンシャンと負けずにがなり立てる熊蟬の二重唱が、葬儀ホールを取り巻いていた。

久しぶりに会う照子は、また少しやつれて痩せた感じがした。浜松の自動車メーカーを退社し、母親が勤めていた表参道のブランド専門店で働きだしたという。母の夢が自分と二人で青山にブティックを構えることだったと人づてに聞き、勉強も兼ねて新しい人生を模索し始めたところだった。

「それで照子さん、少しは落ち着いたかしら。新しいお仕事の方は順調なの？」

「はい、まだ始めたばかりで、何とも言えませんが……」

「また少し、痩せたように見えるけど、気のせいかしら」

「ええ、夏バテかも知れません。最近食欲があまりなくて」

浜子は挨拶もそこそこに、待ちかねたように用件を切り出した。白から聞いた、浩三と双子の生まれ変わり説。女同士でゆっくりと話し合い、何か絆のようなものはないか、それを確認したいと思っていた。それには東京ではなく、照子を出雲に呼んで、じっくりと腰を据えて本音のところを聞き出したいと考えていた。正浩もその話には賛同してくれた。今回は、その目的で白と二人で上京したのだった。

「ねえ、お店の方は、ちょっとぐらいは休みを取れるんでしょう？　一度、出雲の方に来て、気分転換した方がいいかも知れないわね。急だけど、来週とか、再来週はどうかしら」

「はい、竹中のお母さん。一日か二日ぐらいなら、大丈夫と思いますけど」

「それじゃあ、少なすぎるわ。一週間ぐらい休みなさいよ。あなた、顔色が悪いわよ。半年の間に浩三とお母さんが亡くなったんですもの、精神的に大きなショックを受けて当然よ。人間はそんなにすぐ立ち直れるものじゃないわ。今、どうしても働かなきゃいけないのかしら。お金のことなら心配いらないわよ。生活費なら、多少の援助ぐらいはしてあげるわよ。だから、今はもう少しゆっくりした方がいいと思うの」

「ありがとうございます、お母さん。浩三さんがあんな形で亡くなって、まだ『お母さん』と呼んでいいのかどうか、それも気になっているんですけど……」

「『おばさん』なんて、あなたから呼ばれたくないわ。是非『お母さん』と呼んでちょうだい。私、あなたしか、そう呼んでくれる人がいなくなってしまって。それにね……」

浜子は、白の推論のことを話そうとして口を噤んだ。そのことは、白がタイミングを見て自分から話すと言っていたので、余計なことは言わない方がいいと、話を途中でやめた。

法要が始まった。窓越しに蝉も負けまいと念仏を唱えていた。白は照子の顔を見ては、夢に出てきた佐和子の顔に、やはりよく似ていると確信を得た。

法要を一時間足らずで終えると白がこっそり、照子に声を掛けた。

「照子さん、ちょっと」

白は照子と二人だけになると、鞄から御朱印帳を取り出し、見せた。

「わあ、これがあの魔法の御朱印帳ね。ありがとう。見てみたかったんだ。早速、中を見てもいい」

「もちろん、どうぞ」

照子が最初のページを開いた。

令和八年十二月十三日

参拝

次のページをめくった。そして、その次のページも。次々とページをめくったが、そこには一文字も書かれておらず、真っ白な世界が続くだけだった。怪訝な表情の照子を見て、白が尋ねた。

「どうだ、驚いただろう」

「………」

「すごいだろう」

「うーん、でもこれ、何も書いていないけど、この御朱印帳で間違いないの」

「ああ、間違いないよ。何も書いていないって？　ほら、ここには、『令和九年五月九日　若狭桂子が死去』とある。そして今日は、『若狭照子が竹中浜子に旅行の話を断る』……」

白は照子の顔を見た。

「何だ、旅行の話はもう断ったのか」

「ううん、そんなことない。まだ断ってない。でも、一週間だなんて、働きだしたばかりなのにどう考えても無理だわ。でも、そんなことがここに書いてあるの？　私には何も見えないのに」

「本当？　俺にはちゃんと見えるのに、君には見えない。ということは、俺以外の人にはこの文字は見えないのか。そんなことってあるのかな」

「だって、見えないものは見えないとしか言いようがないわ。影山さんにはここに文字が書かれているのが見えるのね」

「ああ、はっきりとね」

白も照子もお互いの顔を覗き込んだ。そして、照子が先に笑いだした。

「ねえ、これって、影山さんが考えたジョークなの？　私を笑わせて元気づけようとしてくれた？」

「えっ、違うよ。そんな」

「いいえ、絶対にそうよ。影山さんの作戦、成功よ。私、すっかり騙されたもの」

照子はそう言うと、含み笑いをしながら浜子のところへ行き、二人で和やかに話しだした。

しかし、照子が出雲旅行の話を断ったのだろう。浜子の表情が突然曇った。照子を一生懸命説得しているように見えたが、諦めたのか、浜子がこちらに向かって手招きし、白も一緒に食事をどうかと誘われた。浜子は食事の席で、一日延泊して東京見物したいと言いだした。二人にも付き合ってもらえないかと打診した。前回はろくに東京見物もせずに帰ったので、銀座でショッピングを楽しみたいという。白は元々バイクで往復する予定で休暇を申請していたので日数には余裕があった。照子も特に予定はなく、付き合うことにした。

白は午前中の買い物はパスするつもりでいた。ところが浜子に「男手が必要なのよ」と言われ、仕方なく付いていった。

百貨店に入っては高級ブランド売り場を次々と物色し、照子の服や鞄、靴、アクセサリーで見る見るうちに紙袋の山となった。途中から白は、浜子の戦略らしきものを悟った。照子が出雲旅行に乗り気じゃなかったので、説得工作に話術ではなくプレゼント攻勢に出たのだ。女性は買い物に弱い。浜子ならではの作戦に、照子はまんまと引き込まれ、いつしか誰の目にもショッピングを楽しむ母娘としか映らないほど二人は意気投合していた。

白は両手に七袋も提げていた。

「ちょっと休憩しませんか」

「何言ってるの。さっき休憩したばかりでしょ。さあ、次はハンドバッグね」

浜子のパワーの前に圧倒されっ放しだった。店内にはクラシック音楽が流れており、白は無意識にその曲に合わせて左指を動かし、イライラを落ち着かせようとしていた。

「ねえ、どっちがいいかしら、白さん。この黒いのと赤いの。青いのもいいわね。さっきのスーツに似合っていると思わない」

白は浜子の別の顔を見る思いがした。

照子も調子に乗り、「ねえ、白さん、今度のデートにはどっちがいいかしら」と甘えた声で尋ね、長くてしなやかな肢体を折り曲げ、モデルのようなポーズを決めて見せた。こんなに心の底から快活に笑う照子を見るのは初めてだった。白がそう思っただけでなく、浩三がまだ生きていた時にも見せたことがないほどの、照子のはしゃぎようだった。

しかし、白は、ずっと御朱印帳のことで気を揉んでいた。自分にしか見えない文字。加えて、超音波ピアノがもたらす不思議な夢。自分に課された宿題とは一体、何なのだろうか。ますます深みにはまる思いがした。

やっとランチの時間となり、浜子の希望で美味しいスイーツのある、照子お薦めのフランス料理店に入った。紙袋は数えると大小合わせて十個もあった。そのうちの一つだけが白と正浩のためのネクタイと浜子のハンドバッグが入っていた。

「ねえ、白さんはいつも左手を動かしているけど、それってやっぱり癖なの?」

白は照子に言われて、初めて気が付いた。今まで、そんなことを意識したことはなかった。しかし、つい音楽を聞くと、左手が勝手にメロディーを奏でたり、伴奏を付けたりしてしまうのだった。

「白さんって、本当はすごいピアニストだったんでしょ。浩三さんから聞いたことがあるの。でも、俺は一度もあいつの演奏を聴いたことがない。いつか一度でいいから聴いてみたいって、言ってたわ。浩三さんも、中学まではピアノを弾いていたんですよね、お母さん？」

「ええ、出雲では結構入賞したりして上手だったのよ。でも、ある日突然、俺はピアノはやめたって。何があったのか知らないけど、ひょっとしたら自分よりうんと上手な人の演奏を聴いて、自信をなくしたのかな、なんてお父さんとは話していたの」

「ねえ、お母さん。浩三さんの代わりに、私、白さんの演奏を聴いてみたいんですけど、お母さんもそう思いません？」

「ええ、それは、そうだけど……。白さん、手を怪我したんでしょう？」

「ええ、まあ」

「でも、浩三さんがいつか言ってました。世の中には、戦争で怪我した人のために、左手だけの曲があるんですって」

白は今までそんなことは考えたこともなかった。左手だけの演奏なんて、想像したこともなかった。

「お母さん、浩三さんが弾いてたピアノって、まだ家にあるんですか？」

「あるわよ。蔵の中にそのまま眠ってるわ」

「じゃあ、決まりね。浩三さんの命日に演奏することに決定よ」

「おい、そんな簡単に人のことを決めるなよ。大体、左手だけの曲って、どんな曲があるのか、それすら、分からないじゃないか」

「それは、決まってるの。一番難しい曲がいいわ。浩三さんが、やっぱり、あいつはすごいピアニストだって認めるやつね。ねえ、お母さん？」

「ええ、そうね」

照子と浜子の軽いノリから大変なことになったと白は思った。何しろ、ピアノを弾くといっても練習時間が白にはなかった。そもそも、竹中家のピアノがまともなピアノなのか、それさえもが怪しかった。

午後の東京見物も、浜子の希望で浅草、スカイツリー、鎌倉と精力的に回った。レンタカーのトランクに荷物を放り込み、浅草寺の雷門近くで駐車場を探した。スカイツリーは歩いてすぐの距離だった。最上階の天望回廊まで上がったが、空は生憎の曇天で富士山まで見通すことはできず、三人ともがっかりした。鎌倉まで車を飛ばし、高さ十三メートル余の露坐の大仏にも会いに行った。浜子はしきりに出雲大社の大国主神の像よりも何倍も大きいと感心し、そればかりを繰り返していた。

大仏の高徳院の後は七里ケ浜へ出て、江ノ島に沈む夕日に見入った。白は、暮田佐和子の悲恋を竹中から聞き、夢に出てきた彼女がこの海に身を投げたのかと思うと、切なさが増した。

真っ赤に燃える相模湾はさながら『蜘蛛の糸』の血の池地獄を連想させた。潮の香りの生臭さは海のプランクトンの死骸が発する死臭であった。佐和子は地獄に落ちたのだろうか。白は案じずにはいられなかった。

そう言えば、出雲は古来、大和の北西に位置することから「日が沈む聖地」と言われた。日が沈む海の彼方にある異界とつながる地の意味で、天日隅宮《あめのひすみのみや》（出雲大社）や日沈宮《ひしずみのみや》（日御碕神社）を祀って受け継がれてきた。今でも旧暦十月十日には日没を待って八百万の神々を迎える神迎《かみむかえ》神事が稲佐の浜で行われる。それは、出雲で旧暦十月が神無月ではなく神在月と呼ばれる由縁でもあった。

「さあ、帰りましょうか」浜子の言葉で、白は現実の世界へと引き戻された。なぜ自分が出雲に呼ばれたかは、地上界と黄泉国をつなぐ地が出雲だったからだという気がしてきた。旧暦十月十日の神迎神事では何かが起こるかも知れない。何かがやって来るような胸騒ぎがして仕方がなかった。

砂浜を歩きながら、白は照子に最近自分が見た夢についての推論を話した。浩三が双子だったこと。浩三は前世では暮田佐和子という女性で、この相模湾に身を投じたことなどを挙げ、浜子との関係を名探偵のように得々と説明した。照子は話の節々で相槌を打ち、目を輝かせて聞き入った。

話が終わると「全部本当のことなの？　竹中のお母さんも知っているの？」と浜子の顔をまじまじと見詰めた。浜子が静かに頷くと、「私は竹中のお母さんとは何か他人とは思えないところがあると感じていました。やっぱり、私はお母さんの子供だったんですね」と抱き付いた。

帰りの車の中で、照子は出雲旅行に二の足を踏む本当の理由を率直に述べた。

「本当は出雲へ行きたい気持ちでいっぱいだったんです。でも、そうすると、産んでくれた母のことを忘れて、ずっと出雲に居着いてしまいそうで怖かったんです」

しんみりと語る照子の気持ちを、浜子は慈愛に満ちた笑顔で受け止めた。産みの苦しみを経てつながる母と子の絆は、へその緒を切っても見えない糸で結ばれている。白は、人生には何と多くの見えない糸が張り巡らされ、人と人は不思議な縁で互いに引き合っているのだろうかと思った。

横浜の中華街で食事をし、原宿のマンションで照子とたくさんの荷物を下ろすと、白と浜子は新宿のホテルに帰り着いた。朝から濃密な一日をこなし、白はシャワーを浴びると、すぐにベッドに潜り込んだ。それから一時間もしないうちに白の携帯が鳴った。

「もしもし、照子です。ちょっと話せる？」

「えー、何？　今、何時？」

「まだ夜の十時前よ。私、白さんに謝ろうと思って」

「謝る？　何で」

「だって、御朱印帳のことで私、笑ったでしょう。本当は怖かったの。私には文字が見えないけど、本当は何かすごいことが書いてあるのよね。だって、私の前世の夢のことも書かれていたんでしょ」

「うん」

「何か、私の未来のことが書かれていて、もし、悪いことだったら、どうしようかと怖かったの」

「大丈夫だよ。そんなこと。何も書かれていなかったよ」

「本当？　それと、白さんから聞いた竹中のお母さんと私のつながりの話。本当にうれしかったわ。お礼も言いたかったし」

「そうだね。不思議な目に見えない糸が見つかってよかったね」

「ええ、本当にありがとう」

「それじゃあ、今日は疲れたからもう寝るよ。わざわざ電話をありがとう。じゃあ」

　そう言うと、白は電話を切った。

　翌朝、ホテルの朝食ビュッフェに行くと、浜子のとびきりの笑顔が待っていた。

「照子さんからさっき、電話があってね。『お母さん、朝早くてごめんなさい。でも、どうしても朝一番でお伝えしたかったんです』って、うれしいお話だったの。出雲に来週来てくれるって。私、うれしくて。一体、あの子に何があったのかしら。白さん、何か彼女に言ってくれたの」

「いいえ、特に俺は何も」

「いいの、分かっているのよ。あなたが説得してくれたのね。暫く、出雲でゆっくりしたいと言ってくれたわ」

浜子は、帰りの飛行機の中でも上機嫌で、照子の話ばかりをしていた。出雲空港に着くと、正浩が車で迎えに来ていた。浜子の笑顔を見て「よかった。その様子なら、話はうまくいったようだな」とうれしそうに声を掛けた。自宅までの運転は白が務めた。後部座席で夫妻の会話は途切れることなく盛り上がった。

自宅に着くと、白は正浩と浜子に呼ばれた。母屋の裏にある蔵のピアノのことだった。白は、とっくにそんなことは忘れていて、やっぱり本当に左手だけで演奏するのかと気が重くなった。蔵といっても、外壁は分厚いコンクリートでできており、天井は高く、五十畳近くもあり、ちょっとしたコンサートホールの大きさがあった。箪笥に机、椅子、食器棚、本箱……。浩三が幼少の頃に愛用したと思われる小さな赤い三輪車も大事に仕舞われていた。その奥に白い布を被せたひときわ大きな独特の曲線を持つオブジェがあった。白は布を取らなくてもすぐに分かった。

「何で、このピアノがここにあるんですか」

「浩三が、俺は日本一のピアニストになるんだって言って、一番大きなピアノが欲しいと言い張ったんだよ」

「それで、この九十七鍵のベーゼンドルファー２９０インペリアルを？」

白は懐かしい友人に会った気がして、丁寧に覆いを取った。鍵盤の蓋を開くと、すぐ両手で弾き始めた。十五年近くも調律していないと、さすがに音が所々で外れて悲しそうな音が響いた。

　それでも、正浩は「うまいもんだね。やっぱり、浩三がピアノを諦めたのも分かる気がする」と舌を巻いた。浜子は浩三の少年時代が重なり、涙が込み上げてきた。

　白が気付くと、正浩も浜子もとうに蔵からはいなくなっていた。白は昼食を食べずに四時間もぶっ通しで弾いていた。その日からそこは白の格好の練習室となった。

　翌週、照子は夏休みを前倒しして一週間の予定で出雲に現れた。クリーム色のワンピースから形のいい膝頭を出し、ゴールドのネックレスとピアスに、グッチのミニショルダーバッグ……と、先日浜子からプレゼントされた品々を身に着けてやって来た。引きずっているスーツケースの中にもあの時買ってもらった衣服やアクセサリーが詰まっていた。

　何の前触れもなく、いきなり照子が社務所に現れたので、白は驚いた。

「今日から、お世話になります。竹中のお父さん、お母さんに挨拶する前に、先にこっちに来ちゃった」

「言ってくれれば、空港まで迎えに行ったのに」

「えへっ、みんなを驚かせたかったの。どう、変わりない？」

「変わりないかって？　先週東京で会ったばかりじゃないか。何の変わりもないよ。相変わらずだよ」

「うん、そうね。それはよかった。御朱印帳も特に何もない？」

「ああ、何もない。何か、書かれると拙いことでもあるのか」

照子は内心ドキッとした。余計なことを言わなければよかったと思った。気にしていたのは父親のことだった。夢で見たことさえ御朱印帳には分かってしまうのだから、父親が犯罪者であることぐらいは、見つかっても不思議ではなかった。

「まさか、そんなことあるわけないでしょ。じゃあ、これから二人に顔を見せてくる。白さんも仕事をしっかりね。ちゃんと働かなきゃ駄目よ」

「ああ。こっちはあと一時間で終わるから、そしたら真っすぐ帰るよ。それじゃあ」

照子が竹中家の玄関で呼び鈴を押すと、浜子が現れ、「まあ、照子さん。来てくれたのね」と喜び、びっくりするほど大きな声で正浩を呼んだ。

「こんにちは。夏休みで一週間ほど、お世話になります」

照子がぺこりと頭を下げた。

浜子は「連絡をもらえれば迎えに行ったのに」と言ったが、照子は「みんなを驚かせたくて」とうれしそうに話した。白も予定通り帰宅し、会話は東京で話す以上に次から次へと弾んだ。ただ、竹中家は朝が早いので、夜の十時には竹中夫妻も白も寝室へと消えた。

照子の部屋は、L字形になった母屋の二階奥の南向き八畳間で、浩三の部屋だった。浩三が使っていた調度品がそのままになっており、照子が希望したのだった。白がいる部屋は二階の北側で丁度反対に位置していた。竹中夫妻の寝室は一階だった。

翌朝は、白が七時から境内の掃除をするため、浜子が六時には朝食を用意した。初日からの出遅れは拙いと、照子は五時半に起きたが、既に一階の台所からは包丁の軽快な刃音と吸い物の食欲をそそる匂いが押し寄せていた。

「お母さん、おはようございます。お父さんも早起きなんですね」

照子は何か手伝おうと見回したが、ほとんど料理はできていた。

「白さんはまだ寝ているのかしら」

「ええ、いつも六時に起こすの。照子さんはお客さんなんだから、もっとゆっくりでよかったのに」

「いいえ、そんな。甘えていたら、罰が当たります。私、白さんを起こしてきます」

照子は襖を開け「六時よ、起きて」と叫んだ。反応がなかったので体を揺すったが、白は寝返りを打っただけだった。今度はニヤッと笑って、平手で頭を叩くと「痛え、何すんだよ」と目が合った。照子はクスクス笑いをした。「何だ、まだ二十分前じゃないか」白が布団を被り直そうとしたので「駄目。今日はみんなで朝ご飯を一緒に食べたいの。白さんも起きて」と布団を剥いだ。「仕方がないなあ」と白はブツブツ言いながらも起き上がり、顔を洗いに行った。

照子は、物心付いた時から母一人娘一人で暮らしてきた。男親や兄弟のいる生活にずっと憧れてきたので、初めて味わう一家団欒の温もりが心地よかった。

「今日は特別よ」と浜子が言った。朝から豪華な食事が食卓に並び、それを四人で囲んだ。照子は目を閉じ、この幸せがいつまでも続きますようにと両手を合わせてから箸を取った。

「竹中のお母さん、明日は私に任せてくださいね」

「ありがとう。でも大丈夫よ。人間、歳を取ると早起きになるものなの」

白が横から「照子さんはお客さんなんだから、もっとゆっくりした方がいいよ。出雲にはリフレッシュしに来たんだから」と口を挟んだ。照子は「気遣ってくれてありがとう。でも、こんな、家族みたいに四人で朝から食事をするなんて、経験したことがないから……。勿体なくて、とても寝てなんかいられないわ」とうれしそうに話した。

正浩が「おいおい、我が家には浩三のほかに、まだ二人、子供がいたみたいだな」と目尻を下げると、浜子も笑顔で「本当ね。こんなに賑やかな朝食は何年ぶりかしら」と言って茶碗に赤飯をつぎ始めた。

白は豆腐とシメジの吸い物を胃袋へ流し込みながら、残り物が今日の昼の弁当かなと考えていた。すると、照子が「お昼のお弁当は私に任せて。作って持って行ってあげる」と自信たっぷりに宣言した。白は「本当に無理しなくていいぞ。のんびりするのが一番だよ」と言い、自分はそそくさと食べ終わると慌てて席を立った。

午前中、照子は浜子に連れられ、買い物がてら近隣を散歩した。浜松から東京の原宿での生活に舞い戻った二十歳の照子には、いきなりのカルチャーショックが待ち受けていた。表参道や竹下通りと言えば、デザイナーズ・ブランドからストリート・ファッションに、日本のポップカルチャーのコスプレとファッションの発信地だった。そこから閑散とした門前町にタイムスリップし、気持ちが自然と沈み込んだ。浜子が察し、車で繁華街へと出た。照子は、ない物ねだりをするより、ここにはここの良さがあると割り切り、それを精いっぱい楽しもうと思った。

照子の料理の腕前はなかなかのもので、昼食の手際も良く、浜子は感心した。都会で育っただけのことはあって料理の見た目も美しく洗練されていて、正浩も初めて見る料理に舌鼓を打った。

「じゃあ、白さんにお弁当を届けてきます」

新しく買った大小二つの弁当箱を手提げ鞄に入れ、正午前に着くように家を出た。社務所で白を呼び出し、近くの公園で食べた。弁当の蓋を開けると、白の大きい弁当箱には、ウサギのおにぎりが三個入っていた。

「なかなかユニークだね。おかずもとっても美味しい。これ、一人で全部作ったの」

「もちろんよ。ほら、因幡の白兎ね。分かってくれた？」

「もちろん。でも、ちょっと出雲大社の神職としては食べづらいな」

「あっ、そうか。気が付かなくてごめん。私のおにぎりと交換するね。私の方はブタにパンダにタヌキ。どうぞ」

「君は案外、いいお母さんになるよ。そんな気がする」

「そう？　案外は余計だけど、ありがとう」

照子は出雲の地をもっと知ろうと、午後は散歩に出かけた。

出雲大社の本殿は、平安時代には現在の二倍の四十八メートルもの高さがあったとされた。その昔は、さらに二倍の九十六メートル、三十階建てビル相当の高さだったとの逸話もある。

平安末期に参詣した寂蓮法師（藤原定長）が感動し詠んだ歌が次の歌だった。

やはらぐる　光や空にみちぬらむ　雲にわけ入る　ちぎのかたそぎ

（仏が日本の神となって現れた。その知徳の光が、空に満ちているのだろう。出雲大社の神殿の千木は、高々と雲にまで突き入っている）

照子は、海を見ようと稲佐の浜近くの小高い公園にも何度か上った。黄昏時は、日本海に沈む黄金色の落陽と夕映えが海に照り返し、天空から天使たちのシンフォニーが降り注いでくるようだった。ここからの眺望は、汀線が緩やかに左にたわみ、その先に三瓶山が聳えていた。照子はこの光景をどこかで見た気がした。なぜだか心に懐かしく、デジャビュのように思えた。雑然とした記憶を辿ると、夢で見たポジリポの丘からナポリ湾やベスビオ山を望む景色が浮かんできた。詩人ゲーテが「ナポリを見てから死ね」と語った、あの絶景である。やはり、出雲は前世からの因縁の土地なのかと思った。帰りは社務所に寄って、道すがら、白にその話をして盛り上がった。

一週間はあっという間だった。最後の夜、照子は浜子と二人で枕を並べ、浩三の部屋で思い出話に耽った。浩三との出会いから、浩三が見た前世と思われる夢の話。だが、照子は浩三の財布からお金を盗んだことは口にできず、逆に浜子から、浩三が山村光男という若い人と金のことで揉めて自殺をした話をさらに詳しく聞いた。てっきり二人の間の金の貸し借りが原因だと思っていたのに、浩三の財布から金がなくなったことが理由だったと聞き、犯人は照子自身だと悟った。だが、そのことについて名乗り出ることはとても怖くてできなかった。白はそのことを知っていて竹中夫妻には黙ってくれている。その理由は何なのか。白本人に確認するのが手っ取り早いが、そんなことをして藪蛇になるのも避けたかった。白が言わないのなら、自分も言わないし聞かない。「言わぬが花、知らぬが仏」を通すべきではないか。そんなことを考えているうちに、いつの間にか深い眠りに落ちた。

はっと目が覚めた。浜子が朝食の準備に部屋を出て、そっと襖を閉めた音で照子は目が覚めた。慌てて衣服を着替え、一階の台所へと急いだ。まだ朝の五時過ぎで、暗かった。蛍光灯に映し出された浜子の後ろ姿に、亡くなった母、桂子の姿が重なり、後ろから抱き付いて耳元で「お母さん」と囁いた。

「私、出雲が好きになりました。お母さんたちとこっちで一緒に暮らしてもいいですか」

浜子は振り返らず、答えた。

「もちろんよ。いつでもいらっしゃい。いつでも待っているから」

二人は暫く互いの体の温もりを確認し合うかのようにそのままじっと動かなかった。照子が「ありがとう、お母さん」と言って体を離すと、浜子は「じゃあ、今日は一緒に朝食を作りましょう」とにこやかにほほ笑んだ。

浜子の頬を一筋の涙が伝い落ちた。

照子はそれを見て「お母さん、大好き」と言ってもう一度抱き付いた。

それから二カ月かけて、照子は、父が母に残した原宿のマンションを整理し、不動産会社に売却を依頼して再び出雲に戻ってきた。これから、ここで暮らしていくのだと思うと、少しは収入になる仕事もしたいと思った。たまたま巫女募集のポスターが目に留まり、白にも相談して応募することにした。

白衣、緋袴に長い黒髪を背中で束ね、凛とした姿が白さえも息をのませた。仕事は参拝者への接客応対から祭祀・儀式の準備、お守りの販売などであった。加えて、十一月の神在祭での巫女舞も言い渡された。

旧暦十月十日は立冬の前日に当たった。日没後の午後七時から稲佐の浜で、伝統行事の神迎神事が賑々しく執り行われた。海からの風が冷たく頬を刺した。御神火のオレンジ色の炎が宮司や神職の強ばる顔を舐め、背後の影が荒々しく乱れた。しめ縄を張った斎場には神籬《ひもろぎ》が立てられ、全国八百万の神々が海を渡り、ヒューヒューという幾陣もの風となって集結し始めた。

海岸での神事の後は龍蛇神を先頭に、参拝者も長蛇の列をつくって出雲大社へと練り歩いた。大しめ縄の架かった神楽殿での儀式を終えると、翌日から一週間の神在祭に入った。神々は期間中に様々な縁結びの神議《かむはか》りを行う。照子も太鼓と横笛の音に合わせ、神楽鈴を鳴らして舞を披露した。一週間の結びは神等去出祭《からさでさい》と呼ばれ、柏手と、辺りをいましめる「オーッ」という警蹕《けいひつ》、さらに「お発ち」の発声で神々を送り出した。

白と照子は、稲佐の浜から誰かに呼ばれた気がして汀へと向かった。既にたくさんの人がいて、神々を見送ろうと海に向かって手を合わせていた。夕凪で磯の香りがいつもより濃かった。突然、二人の足元が大きくぐらつき、地震かと思って辺りを見回したが、誰も気付いていない様子だった。白が空を見上げると、夕映えが薄雲を桃色と杏色に染め、そこに向かって八百万の神々が幾筋もの放射状の筋雲となって尾を引くように飛び去っていた。振り返ると、出雲大社の上空にもピンクのビーナスベルトがかかっていた。

帰りは、浜から社務所に寄り、松の参道を抜けて竹中家へと向かった。樹齢数百年の松たちは一本一本が不揃いで右へ左へと幹をくねらせていた。白は先を行く小さな人影に、地表を這う松の根がそっと伸び、邪気を払う様を見た。その後ろをたてがみのある大きな白狼が横切り、一瞬、目が合ったような気がした。隣の照子にその話をすると笑われた。だが、白は出雲大社に住む神の化身を見たような思いがした。

その夜は、ようやく儀式も終わり、久しぶりに四人そろっての夕食となった。白が竹中夫妻に儀式の話をすると、正浩が「稲佐の浜は昔、海に弁天島が浮かび、手前に鯨島という岩礁があった」と話した。鯨島は今では砂に埋もれ、人目には触れていない。照子は、正浩の話で鯨の化身が恵比寿さまで、大きな揺れは恵比寿さまが海に帰ったのだと一人納得していた。そして弁天、恵比寿、大国と言えば、七福神で縁起がいいと思いを巡らせていた。

しかし、その話を口にすると、白が否定した。七福神の「だいこくさま」は大黒天でヒンドゥー教の神さまだという。大国主大神の「大国さま」ではない。よく混同されるのは、奈良時代から明治維新まで続いた神仏習合の名残で、八百万の神々と仏教が結びついた考えからだった。それは大国さまと大黒さま、天照大御神と大日如来を同一視する思想であった。

白は授業で習った「古事記」の話をずっと疑問に思っていた。神道では魂が重要で肉体は器。

人は死後、氏神として家を守る神となる。仏教は一部を除き、死後は輪廻転生を繰り返し、解脱できれば極楽浄土へ往くとした。しかし、輪廻転生がない神道でも、大国主大神は二度死んで二度生き返り、異界へも旅して戻って来た。

　記述によれば、大国主大神がまだ大穴牟遅神《おおなむちのかみ》と呼ばれた頃のこと。兄神たちと因幡国の姫に求愛に行き、途中で皮を剥がれた兎と出会った。兄神たちは意地悪したが、後から来た大穴牟遅神は傷を治してやり、姫から結婚相手に指名される。それが兄神の恨みを買い、一度目は火で焼いた大石で、二度目は木に挟まれて殺される。しかし、二度とも生き返って異界の根の国に逃げるが、そこでも須佐之男命《すさのおのみこと》の娘の須勢理毘売《すせりびめ》と恋に落ちたことから父親に命を狙われ、逃亡するのだった。

　古事記には、それ以前の異界、黄泉国の記述もある。伊邪那岐命《いざなぎのみこと》が、死んだ妻の伊邪那美《いざなみ》命《みこと》を黄泉国から連れ戻そうとする神話である。真偽はともかく、神道の世界でもこの世と異界を行き来していたと、白には思えた。

　人と人、人と出来事を結ぶ縁には、輪廻転生や因果応報につながるものがある。幽世の発想や神という超自然的な観念は、神道が民族的信仰でしかなかった時代にどこから湧き上がってきたものなのか、白は知りたかった。

　科学的根拠はないが、夢か魂がもたらす記憶ではないかと白は想像した。夢の中で先祖が語りかけ、守護神や守護霊が囁きかけてくる。時には神や仏の声であるかも知れなかった。白も御朱印帳に光男からのメッセージが届き、信頼に足る根拠となっていた。体験した者しか理解できないかも知れないが、世界中に似たような体験者は大勢いる。それが信じる心や信仰心に発展したと考えた。

釈迦は、菩提樹の下で悟りを開いた時に三明という三つの智慧を確立した。自己の過去世を知り、人々の輪廻転生の有り様を知り、自分はその輪廻転生から抜け出したことを知ったという。

白が作った超音波ピアノは、前世の記憶を夢で見る力を偶然手に入れたと考えられた。前世を知ったからといって、輪廻転生から解脱できるわけではない。白が見た夢は、祖父の半生であり、最期は強盗に頭を殴られ殺された。祖父が抱えていた業は何だったのか。それは白自身の業でもあるのか。解読は何一つできていないが、光男が伝えてきたお釈迦様の「出雲大社で人々を救え」のメッセージには、それを解く何らかの鍵があると思えた。超音波ピアノが導く夢が本当に前世だとしたら、人々に業を紐解くヒントを与えられる。それは人々を自分探しの旅に導き、人生に大きな意味をもたらすと言えた。

十二月十二日を迎え、竹中浩三の一年祭が執り行われた。神職の献饌《けんせん》、祭詞などに続き、竹中夫妻や照子、白もしめやかに玉串奉奠を行い、銘々がこの一年間に起きた様々な出来事を心の中で振り返った。神葬祭の後の十日祭、五十日祭、一年祭を経て、竹中夫妻の服喪が明けた。出雲大社は根の国を支配する神社であり、服喪中も参拝は可能であったが、夫妻はあえてそれをしなかった。

「次の三年祭からは、白君にお祓いをお願いするかな」

正浩の何気ない言葉に白は戸惑いを覚えた。この一年間はあまりにもいろんなことがありすぎた。そう思うと、これから二年後の自分の姿を思い浮かべることはできなかった。

予想外と言えば、十二月二十七日の御饌井祭《みけいさい》の後、白がピアノ演奏の奉納を神楽殿で行うことになった。照子が白のピアノのことを社務所で話したのがきっかけで、勝手に話が進んでしまった。

実は、照子は、ピアノのことなどすっかり忘れていた。夕食後に白を探していて、蔵に入る姿を見て、あの時に勢いで言ってしまったことを思い出したのだった。蔵は分厚いコンクリートでできているせいか、外へはほとんど音が漏れ聞こえてこなかった。それでも、大型ピアノのインペリアルの豊かな響きは、聞き耳を立てる照子の心にもかすかに漏れ伝わってきた。

そして約束の当日を迎えた。いつもとは違うタキシード姿の白は、会場に両親の一郎と雅子の姿を見つけ、驚いた。

「何でここに？」

「何で、じゃないわよ。ピアノを弾くなら、事前に連絡ぐらい寄こしなさい。竹中さんから電話をいただいたのよ。親として顔から火が出そうだったわ。何にも知らないなんて。でも、当日まで私たちが聴きに来ることは内緒でお願いしますと言われたの。その方があなたもプレッシャーがかからなくていいでしょ」

「ごめん、母さん。でも、そんな奇を衒うようなことじゃないんだ。出雲大社の職員としてみんなの前で弾くだけのことさ」

「それで、ちゃんと練習はできたのか。左手だけの演奏だなんて、俺はびっくりしたよ」

「父さん、まあ、すごいピアノで弾くから楽しみにしていて」

久々の演奏会を誰よりも楽しみにしていたのは白自身だった。

曲目は、ラヴェルの「左手のためのピアノ協奏曲ニ長調」。本来はオーケストラとの共演だが、今回はピアノのソロとなるため、オーケストラの部分も多少アレンジして演奏することにした。

作品は、単一楽章の緩急緩となる三部構成でできていた。白は、蔵から運び出した九十七鍵のピアノを使い、幼い頃に父から聞いた『蜘蛛の糸』の続編をオマージュする形で披露した。冒頭のオーケストラのコントラファゴットの唸るような暗い音色を、最低音を拡張した鍵盤でゴロゴロと音を転がし、血の池地獄の不気味さを漂わせた。そこから、おもむろに和音とアルペジオを左手で連打し、一筋の銀色に光る蜘蛛の糸が垂れ、希望の光が差し込むような叙事詩を奏で始めた。第二部に入ると、行進曲のリズムに切り替わり、オフビートのジャズの雰囲気と音が駆け抜けるようなメロディーが交錯。天からたくさんの蜘蛛の糸が垂れ、たくさんの罪人が糸を上って行くようなイメージが滔々と続いた。第三部では透明感のあるアルペジオが流れ、極楽の幻想的な景色が広がる一方、次第に不安定なメロディーへと移り、最後は下降スケールにより、一瞬で夢から目が覚めたようなあっけないエンディングで終了した。

聴衆は、聞き慣れない曲に、どこで拍手を送っていいのか戸惑いを見せた。白は、アンコールでは両手でショパンの「ノクターン第二番」を弾き、そちらの方が多くの拍手を集めた。しかし、左手だけの演奏は、白を、プロを目指していた頃とは別次元の音楽に触れた気分にさせてくれた。それは大きな温かいものに包み込まれるような感覚で、心が高鳴り自然と笑みがこぼれてくるものだった。

演奏後、白は両親とはほとんどしゃべれなかった。近所に住む何人かの親たちから「うちの子供にピアノを教えてもらえないか」と打診され、「申し訳ありませんが、今は大社の仕事で精いっぱいなものですから」と断るのに忙しかった。両親は、演奏会のことと普段の生活のことで礼を言うため、竹中夫妻と話し込んでいた。息子が家賃も食費もお世話になっていることを知ると、雅子は「まあ、何てことを。お恥ずかしい。息子によく言っておきます」と顔を赤らめた。すぐ、白のスマホに「演奏、よかったわよ。竹中さんにお世話になっているのだから、ちゃんとお金をお支払いしなさい」とメッセージを送った。

正月は喪が明けた竹中家でゆっくりしたかったが、白も照子も出雲大社の初詣客の応対で大忙しとなった。白は、照子から同じ巫女バイトをしていた高校生の橘《たちばな》あかりを紹介された。あかりは毎晩殺される夢にうなされると打ち明けた。

「白さん、例のピアノを彼女にも聴かせてあげたいんだけど、構わない？」

照子の頼みに善は急げと、早速その晩、あかりは竹中家に泊まることになった。

白が帰宅すると、既にあかりは待っていた。化粧っ気のない薄顔の巫女姿から今時の化粧映えする顔に変身し、何度も白を覗き見した。夢とはいえ、前世を見ると言われると、緊張し、自然と身構えた。あかりは喉まで出かかった質問を何度ものみ込み、落ち着かない様子だった。

五人で夕食を食べながら、白が何人かの体験談を語ると、あかりよりも正浩や浜子の方が俄然興味を示した。

「浩三の双子のきょうだいの話をした時に聞いたあれね。あの時は前世と聞いて、ちょっと怖い気がしたけど、要はそのまま眠ってしまえばいいだけなのね。それなら簡単。私も試そうかしら」

「おいおい、浜子、お前は若くないんだから、無茶をするな。もし、そのままあの世へ逝ってしまったら、俺はどうすればいいんだ」

照子が思い切り笑った。「竹中のお父さん、大丈夫ですよ。私も試して大丈夫でした。何なら、お父さんもご一緒にどうですか」

「いや、俺は、今日はやめとこう。また今度でいいよ。まだやり残したことがあるし、今死ぬわけにはいかないからな」

「あら、お父さん。強そうに見えて、意外と怖がりなんですね。人生でやり残したことって何ですか」

照子の挑発にも正浩は頑として首を縦に振らなかった。それでいて、正浩から超音波ピアノについての質問は尽きなかった。

白がそろそろいい頃合いだと、あかりに告げた。あかりはぐっと言葉に詰まり、照子の顔を見た。

「大丈夫よ。私も隣で一緒に寝てあげる。それなら、安心でしょ」

あかりが頷くのを見て、浜子が「じゃあ、私も。三人で手をつないで寝たら、閻魔大王が現れても心配ないわ」とあかりの手を握った。すかさず照子が「そうよ。お母さんが一緒なら怖いものなしよ」と輪をかけたので、みんなが大笑いし、場の空気が一気に和んだ。

女性三人が川の字になって布団に入ると、白が「準備はいいですか」と声を掛けた。

「もう一度言いますが、このピアノから音は聞こえません。今から十分ぐらい目を閉じてじっとしていてください。効果がない時には目を開けてもらって構いません。でも他の人が眠っているかも知れないので、話すのなら小声でお願いします。以上です。では、ピアノを弾きます。目を閉じてください」

白はいつものように、ショパンやバッハを弾いた。三曲目が終わる頃には、三人とも完全に夢路を辿っていた。

隣の部屋では正浩が聞き耳を立てていた。

「どうだ、みんな寝てしまったか？」

「はい、三人ともぐっすりです」

白は、隣の部屋だと壁や襖に遮られ、超音波は届かないことをこの時初めて知った。自分の部屋に戻ってシマッタと思った。女性陣の部屋に目覚まし時計はなかった。明日は朝食抜きで出勤かと思うと、お腹がグゥと鳴った。

# 第九章　前世と現世

あかりは銃弾が飛び交う戦地にいた。猛り狂う機関銃の連射音に続き、弾丸の雨が夕立のごとく土や木々に当たってはピュンピュンと飛び跳ね、恐怖の旋律を奏でた。手榴弾や砲弾の炸裂音と地響きに続き、何度も頭上から土塊が降ってきた。見上げると空が青かった。どうやら塹壕の中にいるらしかった。

「杉村上等兵、あの機銃を何とかしてこい」

「分かりました、隊長。多田二等兵、自分についてこい。突撃するぞ」

二人が「ウオー」という雄叫びとともに塹壕を飛び出した。その直後に戦闘機が頭上を掠めて機銃掃射し、爆弾が耳をつんざくような轟音とともに破裂した。今のは敵か味方か。隊長の林一男中尉はためらった。しかし、機関銃の咆哮が鳴りやみ、辺りが急に静かになったことからすると、味方の戦闘機ではないかと都合のいいように解釈した。

塹壕から顔を出して林が覗くと、目の前にさっきまで隣にいた杉村の頭がこちらを向いて転がっていた。片目が飛び出し、血まみれだった。その先には頭のない黒く焦げたねじれた死体が横たわっていた。杉村だけではなかった。多田と思われる死体もその先にあり、さらにその先にも焼け爛れた黒い塊が二つ三つと散らばっていた。敵の連合軍の堡塁は炎に包まれ、黒煙が立ち上っていた。林は「全員、突撃！」と号令を掛けた。自らも塹壕を飛び出し、身をかがめて一目散に走った。塹壕から飛び出したのはわずか五人だった。十人いた隊はわずか数時間で半分に減っていた。林が隊を率いた一週間前には二十人いた。戦況はかなり厳しく、前へ進んではいても進撃しているのか退却しているのか、林たちにもよく分からなかった。

太平洋戦争は刻一刻と、広島、長崎への原爆投下が近づいていた。日本本土防衛上の盾であったフィリピンでの戦いは壮絶で、五十万に及ぶ日本兵らの命が奪われ、百万に及ぶフィリピン人らの犠牲を強いた。

後に連合軍最高司令官となるダグラス・マッカーサーは、一九四四年末のレイテ島の戦いで日本軍を撃破すると、マニラへと進撃。首都奪還、捕虜解放という大義の下、すさまじい無差別爆撃を繰り返した。一カ月に及ぶ市街戦で「東洋の真珠」と呼ばれた国際都市は廃墟と化した。日本兵は軍司令部から投降を許されず、戦地で自決するか、撤退しながら戦うしかなかった。敗残兵の多くは山岳地帯へ逃げた。林もその一人であった。

一九四五年四月三十日、ナチス・ドイツ総統のアドルフ・ヒトラーが総統地下壕で自殺した。五月にはドイツ全軍が降伏した。連合軍は空から同盟国ドイツの敗北を告げる伝単《でんたん》（宣伝ビラ）をばら撒き、林らはジャングルで彷徨う中、ベルリンの陥落を知ることとなった。

日本兵は山や谷を越え、川を渡り、あてどなく逃げ続けた。そのうち、逃げる目的が米兵の追撃を躱《かわ》すことから極度の飢えを凌ぐためへと変わり、民家を襲っては食べ物を強奪するようになった。時には子供を含めて住民を殺した。胃袋が満たされなければ、人を殺してその肉を食べる者も現れた。さすがに林にはそこまではできなかったが、鼠やゴキブリは貴重な食料であった。次第に疫病や餓死者が増え、行き倒れが後を絶たなくなった。アシン川沿いの野戦病院へと続く断崖絶壁の道は、日本兵の死骸が列を成し、地元民からは「白骨街道」と揶揄されるようになった。

敗走から二カ月以上が経ち、林らはルソン島北部イフガオ州にある村、バナウェに辿り着いた。一九九五年ユネスコ世界遺産に登録された「ライステラス」と呼ばれる壮大な棚田群が広がる地域だった。このコルディリェーラ山脈一帯の大規模な棚田を見て、林は思わず瀬戸内海に浮かぶ生まれ故郷の小さな島、広島県鹿島の段々畑を思い出して涙した。懐かしい両親の記憶が蘇り、束の間であったが、心が日本へと飛んだ。その瞬間、どこからともなく銃声が響き、林は左手に焼けるような火熱と激痛を感じて我に返った。左手の薬指と小指が吹き飛び、血潮に染まっていた。米兵ではなく、地元のゲリラだった。銃口をこちらに向け、すぐそこに迫ってきていた。

＊

「嫌アー、助けて！」あかりの悲鳴だった。

白はまどろみ始めた矢先の叫び声で飛び上がった。慌てて照子の隣の部屋の襖を開けると、あかりが目を閉じたまま、体を二つ折りにして叫んでいた。照子も浜子も眠りが深いのか、気付かずに眠っていた。白は仕方なく、あかりの両肩を掴んで揺り起こした。

「おい、大丈夫か。目を覚ませ。何があった。もう大丈夫だから、安心しろ」

「私、殺される。敵の兵隊がこっちに向かって来て、何発も撃たれた。私の左手が弾に当たって指が吹き飛んでしまった」

「大丈夫だ。指ならほら、この通り何ともなっちゃいない。夢だ。夢を見たんだ。心配いらない。誰も君を撃ったりはしないから」

騒ぎに照子も浜子もやっと目を覚まし、そこへ階下から正浩も慌ててやって来て、みんなの視線があかりに注がれた。

「どうした？　何があったんだ」

「おじさん、あかりさんが夢を見てびっくりしたんです。もう大丈夫です。まだ少し動揺していますから、何か温かいものでも飲んだ方がいいかも知れません」

照子と浜子はきょとんとしていてまだ寝ぼけ眼だった。五人は居間に下り、あかりは照子が作ったぼてぼて茶をすすりながら、気持ちが幾分落ち着いた様子だった。そして今見た夢のことを話し始めた。

「私、やっぱり殺される。怖くて眠れないわ。夢の中で何人もの人を殺し、子供まで殺した。血飛沫が何度も顔に飛んできて……」と、また興奮してしまい、泣き出した。

照子が「じゃあ、一緒に朝まで起きていてあげる」と言って、あかりの華奢な肩を抱いた。

浜子も「じゃあ、私も」と相槌を打った。夜中の二時を回ったところだった。結局、照子があかりに付き添う形で、朝まで眠らずにいた。浜子が五時過ぎには起きて、二人に先に朝食を取るよう促した。照子はあかりから夢の話を詳しく聞いた。白に伝えるために、忘れないようにと一生懸命記憶した。

あかりは、それから一週間は夢を見なかった。怖い夢を見たことが逆にプラスに働いたのかと思っていた。ところが、巫女のバイトを務めた夜、また林が夢に現れた。

＊

林はあのフィリピンでは殺されておらず、生きていた。帰国すると銀座でバーを開き、客にカクテルを作っていた。店はこぢんまりしていて、十人も客が入ればいっぱいになった。カウンターの一番奥に女性二人が座っていた。そのうちの一人は照子によく似た美人で、林が親しげに話し掛けていた。

「おっと、これはお二人さん。また今日もやっていますね。拙いところへやって来たのかな」

「佐和子先輩、もうそろそろ帰らないと。飲みすぎですすよ」

赤い服の女が腕を取り、椅子から立たせようとした。しかし、水色の服が抵抗し、「何言ってるの。さっき来たばっかりじゃない。マスター、もう一杯お代わり」怒ったようにグラスを突き出した。

「じゃあ、本当にもう一杯だけ。それを飲んだら帰りますよ」

赤い服も仕方なく、椅子に座り直した。

林は、客にカクテルを給仕する時は、あえて三本指の左手で出すようにしていた。客と戦争の話をするきっかけをつくるためだった。左手の指を失ったのは、敗走中のバナウェという棚田が美しい村で、地元のゲリラ兵に撃たれてだった。だが、客はそんなことは知るわけがない。林はいつも適当な武勇伝をでっち上げては、客の興味を惹こうとした。

「マニラの市街戦で米兵に取り囲まれ、子供を助けようとして撃たれたんだ。もちろん、敵を蹴散らしてやったさ。子供を殺そうとするなんて、あいつらは人間じゃない」

いつもの銃を構えるお決まりのポーズも忘れなかった。林は、正義感たっぷりのヒーローを気取った。あまりにも何度も話したので、自分でもいつの間にかそれが本当に起きたことだと錯覚してしまうほどだった。そして、時には話が大きく膨らみすぎることもあった。

「本当はマッカーサー元帥に撃たれたんだ。相手は十人いたが、一人でやっつけてやったよ」

自慢話に客より林の方が酔った。

常連客からは「マスター、この前の話と違うぞ」とヤジが飛び、店が爆笑の渦で揺れた。林も一緒になって笑った。誰もが本当のことなんて知りたくもなかった。本音は戦争なんてもう懲り懲りだとみんなが思っていた。悲劇を喜劇に転じ、酒の肴は面白ければそれでよかった。

街の映画館でも『チャップリンの独裁者』がリバイバル上映されていた。

ある日、店に身なりのいいスーツ姿の二人組の男がやって来た。そのうちの一人が一杯飲んだところでこう切り出した。

「マスター、この店に第一銀行の女性行員がよく来るそうじゃないか。銀行の悪口を言ってるらしいが、ちょっと小遣い稼ぎをしたくないか」

林は直感で、銀行の上司だと思った。「女性行員」と男が言ったのがその理由だった。それで彼女たちを庇ってやることにした。

「ええ、二人連れの女性が来ますよ。でも、そんな悪口だなんて、旦那。いつも上司に恵まれたって言っていますよ」

「ほお、そんなことを」

「はい、その通りでさあ」

「あんた、嘘をつくのが下手だな。私が知りたいのは、これから彼女たちのうち一人が大きな仕事をする。金を貸すのか貸さないのか、それを知りたいだけだよ」

林は可笑しなことを言うものだと思った。銀行の上司なら、部下の金の貸し借りを探らせる必要はない。だとすると、金を借りる側の人間だと直感でピンときた。

「そんな大切な話を店でしますかね」

「しなきゃ、酔わせて言わせてしまえばいいだろう。美人の方はすぐ酔っ払うらしいから造作もないことだ」

「お客さん、よくご存知ですね。一体、何者なんです」

「そんなことはどうでもいい。情報提供には金を出す。じゃあ、また来るからよろしくな」

そう言うと、二人は店を出て行った。

それから数カ月が経ち、林はその男たちのことをすっかり忘れていた。

佐和子と加奈がいつものように今週も金曜の夜にやって来た。

「ねえ、すごいじゃない、佐和子先輩。とうとう昇進のチャンスが来たのよ。しっかり頼みますよ」

加奈が意気揚々とまくし立てた。佐和子が下平静夫常務に呼ばれ、山田商店の再建の仕事を任された。十億円もの大金を融資する。お茶汲み、コピー取りが日課だった女性陣としては、まずあり得ない大抜擢だった。

佐和子はいつものドライマティーニを一気飲みし、上機嫌だった。

「マスター、お代わり。今日はいっぱい飲むわよ。加奈、いいわね」

既に頬は上気し、ほろ酔い気分だった。

林は、二人の会話からあの男たちの小遣い稼ぎの件を思い出した。「大きな仕事」とはこのことかと思った。そこで盗み聞きしながら、会話に入っていった。

「何かいいことでもあったんですか。二人とも今日は笑顔がとても素敵で、銀行の悪口が出ませんね」

「あら、分かる、マスター。その通りなの。佐和子先輩がとうとう会社に認められ、大仕事をすることになったのよ」

「へえー、大仕事って、どんな？」

「大金を融資して、潰れかかった会社を再建するの」

「へえ、大金ね。大金って一体、いくらなんです」

「マスター、ここだけの話よ。十億よ」

「十、十億も。そりゃあ、すごい額ですね。盗まれたら大変だ」

「誰も盗んだりなんかしないわよ。ただ、問題はその大金を貸すかどうか。それが佐和子先輩の仕事なの」

「困っている会社なんでしょう。助けてあげたらどうです」

「でもね、銀行は貸したお金に利子を付けて回収しないといけないの。相手の会社にその力があるかどうか。見極めるのが仕事なのよ」

林はそこまで聞いて、男たちの言っていた話がのみ込めた。つまり、男の一人は銀行の幹部で、もう一人が相手側の会社のトップ。部下の報告を待てばいいものを、どうして先に確認する必要があるのか不思議だった。

それから五日後。まだ客足が鈍い開店直後を狙って、例の男の一人が店に現れた。スコッチの水割りを注文し「何か分かったかい？」とマスターに尋ねた。

「ええ、まあ」

林が勿体を付けたので男は封筒を上着の内ポケットから取り出し、テーブルの上に置いた。林はそれを掴んで数千円は入っていると悟った。林はこんな情報で数千円とは余程のことだと思った。そこで、かまをかけてこう言った。

「社長、こんなにたくさんいただいて本当にいいんですか」

「ああ、いいんだ。その代わり、ちゃんと話してくれ」

林は相手が社長だと確信した。人間は肩書で呼ばれることに慣れてしまっていて、つい無防備になってしまう。あとは相手の会社がどこなのか。それは佐和子たちからでも聞き出せる。そうすれば、数千円じゃなく、十億円のおこぼれに自分も与れるとそろばんを弾いた。林は言葉を慎重に選びながら、先週末に聞いた話で十億円という金額は伏せ、大金と暈《ぼ》かして話をした。

「よく分かった。結構。また頼むよ」

そう言って男は立ち去った。

その週末も、次の週末も、佐和子が店に現れ、仕事の進捗状況を得々と林に語った。佐和子はアルコールが入ると内部情報までよくしゃべった。林は相手が大手繊維会社の山田商店で、社長は寺下宗弘ということを簡単に知り得た。あの時、やって来たもう一人の男は一体誰なのか。その辺も恐らく佐和子の上司で、部長か常務だと察しは付いた。

次の週末、佐和子がいつものように店に現れた。そこへ不意に寺下がやって来て、躊躇することなく隣に座った。明らかに二人は顔見知りだった。ただ、佐和子の表情が強ばり、怒っているように見えた。

「こっそり、もう十億、融資してくれないか」寺下が佐和子の耳元で囁いた。

佐和子は闇融資の依頼に、その上、自分の取り分は二千万円と言われ、面食らった。横領・

詐欺をやれという誘いだった。

「冗談じゃありません。銀行を裏切るなんてできません」

素知らぬ振りで近づいた林の耳にも、その声はしっかりと聞こえた。

佐和子は色めき立った。金の融資だけでなく、結婚話まで持ち出して自分を落とそうとしている。高く評価されることに悪い気はしなかったが、話が横領・詐欺では論外だった。しかし、佐和子の頭と口は裏腹だった。

「分かりました。少し考える時間をください」つるりと言葉が落ちた。

寺下は「彼女にもう一杯、お代わりを」と言って支払いを済ませると店を出て行った。

「マスター、今の話を聞いたよね。とうとう私も危ない世界に足を踏み入れたみたい」

林は、佐和子の言葉を聞いていなかった振りをして、テキーラのカクテルを佐和子の前に置くと、別の客の注文を取りに行った。その時、佐和子がポツリと呟いた。

「十億もの闇融資か」

その言葉を林は聞き逃さなかった。これまで点々としていた言葉の謎が頭の中で一本の線になる思いがした。あの二人の男は何かを企んでいる。そうはっきりと確信した。

美味しい話なら自分も一口乗りたかった。だが、例の男たちはそれ以来、一度も店には現れなかった。林は、本当は佐和子に注意しろと警告してやりたかった。だが、いつ男たちから連絡が来るかも知れなかった。みすみす美味しい儲け話を、自分から放棄するなんてことは考えられなかった。

数週間が過ぎた。佐和子の飲み方が一層激しくなったかと思えば、塞ぎ込む時もあった。宥め賺《すか》し役の加奈の手にも負えなくなってきた。そしてある日をもってプッツリと二人の姿が店から消えた。

林が「女性行員、十億円の横領で入水自殺か」の記事を新聞で読んだのは、それから何日も経ってからのことだった。記事には第一銀行の下平静夫常務と山田商店の寺下宗弘社長、その息子で元通産省の寺下圭介の三人も行方不明とあった。十億の融資に加え、闇融資の十億の行方が分からず、佐和子を加えた四人と事件の関連性に触れていた。

店の客も事件のことを報道で知り、最初は林に何か知らないかと面白がって尋ねていた。だが、刑事が店に来るようになると、一気に客足は遠のいた。そして、事件発覚から一年も経たないうちに林は借金で首が回らなくなり、店を閉めることになった。

そこからの林の人生は、坂道を転げ落ちるように惨めなものだった。住む家もなく、ホームレスとしてあちこちを転々とし、借金の取り立て屋から逃げ回るのに毎日齷齪《あくせく》した。日雇い労働で稼いだ金で何とか食いつないだが、それも左手の不自由を理由に仕事にありつけない日もあった。気が付けば、いつの間にか、フィリピンの時と同じようなレールが目の前に敷かれ、地獄へ落ちていくのが自分でも分かった。だが、それを止めようにも、自分ではもうどうすることもできなくなっていた。

手っ取り早く大金を手に入れるにはどうすればいいか。銀行強盗は一人ではできないし、リスクも高い。流行りのサラ金の店を襲うのも同じことだった。

もっといい方法はないかと、サラ金の待合室で思案していて、ある光景が目に飛び込んできた。上客は奥の部屋に通され、黒い鞄を提げて出てきた。あの中にはかなりの現金が入っているに違いなかった。黒い鞄を提げた客は、決まって裏口から出た。裏口は人通りも少なく、人目に付きにくい。だが、逆に襲う側からすれば、目立たず好都合だった。

確実に現金を奪うには、腕っ節の弱そうな客を選び出し、きちんとした計画を練るに限る。林は一カ月近く、サラ金の支店通いをして獲物を物色した。そして、一人の男に目を付けた。男は特段警戒するでもなく、慣れた仕草でサラ金に出入りしていた。一カ月の間に二度見かけた。さらに三度目を見かけた時に跡を付けて、家まで尾行すると、何と田園調布の豪邸に住んでいて驚かされた。こんな金持ちがなぜサラ金に何度も足を運ぶのか奇妙だった。林は、貧乏人から金を奪うのは気が引けたが、こいつからならそんな遠慮は無用だと思った。躊躇することなく次の機会に決行することにした。

男は木曜午後五時に渋谷支店に現れることが多かった。林は、年明けの第二木曜に照準を合わせ、予想通り男が閉店間際に現れると、行動を開始した。男は窓口に立ち寄ると、すぐ支店長がやって来て奥の部屋へと消える。そして黒い鞄を手に提げ、さっさと裏口から店を出て行くのが流れだった。

林は店に男が現れてから五分間の勝負だと考えた。支店の裏口に回って、背後から鉄パイプで襲撃できるように段ボール箱の後ろに身を潜めて待った。裏口のドアが開き、男が手に黒い鞄を提げて出てきた。全くの無警戒だった。足音を忍ばせ背後から近寄り、頭を殴りつけた。

起き上がろうとしたので、もう一発殴った。鉄パイプを捨ててすぐ鞄を拾って人混みに紛れた。どこをどう逃げたかは覚えていない。途中の公園で鞄の中を覗くと、信じられないほどの札束が入っていた。こんなにうまくいくとは、俺の人生もまだまだ捨てたもんじゃないなとうれしくなった。

＊

そこで目覚まし時計が鳴り、あかりは夢から現実へと引き戻された。この後、林は一体、どうなったのだろうか。警察に捕まったのか、金はどうしたのか。知りたいことがたくさんあった。しかし、眠りに落ちても、夢の続きを見ることはできなかった。

林はどうなったのか。日増しに気になって仕方がなかった。そこで再び巫女の仕事があった日に、照子に相談し、もう一度あの超音波ピアノを聴かせて欲しいと頼み込んだ。

照子は快く引き受けてくれた。白に確認してみると言ってくれた。白は大社國学館の卒業式を翌週の三月十七日に控えており、その夜のお祝い会に、あかりも泊まり込みで竹中家を訪ねることになった。

白は一年間の大社國学館での奉仕と勉学を終え、晴れて正式な神職となった。随分いろんなことの詰まった一年間だったが、無事卒業できたことに誇らしさをにじませた。様々な縁でつながった五人は、秋の神在祭で振る舞われている釜揚げそばを食し、本当の家族のように会話を楽しんだ。

照子が「竹中家の養女になりたい」と明言するサプライズもあった。竹中夫妻は「突然でびっくりしたよ」「本当ね。急に言われて心臓がまだドキドキしているわ。でも、こんなうれしい話はないわ」と目を輝かせて喜んだ。

あかりが、白から夢魘《むえん》のことを尋ねられたので「お祝いムードに水を差してすみません」と前置きし、これまで見て、うなされた恐ろしい夢の話を始めた。死屍累々とした地獄絵図のような戦争の壮絶さは、十八歳の女子高生がとても語れるものではなかった。それだけに、白の言う通り、夢は前世であると、みんなが信じて疑わなかった。

暮田佐和子の名前が出てきた時には、四人は顔を見合わせ、息をのんだ。佐和子は竹中夫妻の息子、浩三の前世だった。男たちに騙され、悲恋と横領の呵責に苛まれ、海に小舟を漕ぎ出して身を投げた。浩三も、泥棒呼ばわりした少年が自殺をし、後で事実無根だったことに苦悩し、稲佐の浜から入水自殺した。その佐和子と接点がある林一男なる人物が、まさかあかりの前世だったとは何という宿縁なのだろうと、四人は背筋が凍る思いがした。

あかりの話は、そこで終わらなかった。林は借金苦から銀座のバーを閉めた後、根無し草の逃亡生活に追い込まれた。そして、ついにはサラ金から出てきた男を鉄パイプで殴って強盗に及んだという。

白は頭に激痛が走り、一瞬、目から火が出た気がした。祖父の記憶が蘇り、祖母から聞いた話を思い出した。現場に捨ててあった凶器の鉄パイプには、左手と思われる指紋が薄らと三つだけ残っていたという。

まさか、と思った。祖父の龍之介を殺した犯人に違いない。本人の林一男ではないが、前世で祖父を撲殺した凶悪犯が今、目の前にいる。白にとって、それは前世で自分を殺した人物であることを意味していた。

お釈迦様から死んだ光男を通して「出雲大社に行って、人々を救え」と言われた理由は、これなのかと雷のような一撃が全身を貫き、目の前が真っ白になった。

あかりのことを憎む気はさらさらなかった。しかし、今までとは違い、血が逆流するような感情が白の中に芽生えてきた。戦争で無実の人をたくさん殺し、浩三の前世となる佐和子を陥れる協力もし、さらには祖父の龍之介までをも殺した男。その悪魔が生まれ変わったのだ。強盗に襲われた男は、自分の前世である祖父であり、帰らぬ人となった事実をこの場で明かし、前世の咎で辱めてやりたい激情に駆られた。人倫にもとる行為の代償は大きいのだ。

しかし、それが何になるというのだろうか。生まれ変わりのあかりにどれだけの責任があるというのだろうか。十八歳の少女が、前世で犯した罪の意識を背負い、心の牢獄に囚われたまま、桎梏《しっこく》の人生を生きていくにはあまりにも残酷で理不尽に思えた。

あかりを含め、みんなの顔が、強ばっていた。あかりは、夢は前世だと照子から聞かされていただけに、そんな怖い夢の主人公の生まれ変わりが自分だとは、恐ろしくてとても信じたくなかった。林一男も、暮田佐和子も、サラ金から出てきた田園調布に住む男も、全く自分が知るよしもない人たちだった。自分はそんなに悪い人間なのだろうか。今までの十八年間の生涯を振り返って、両親や友達と言い争ったことはあったが、他人の物を盗んだことも人を騙すようなこともした記憶はなかった。そもそも、そんなに悪い人間なら、巫女のアルバイトをする段階で、神様から天罰が与えられるに違いないとも思っていた。

　前世を知ることは「汝自身を知れ」と自分に問いかけることであった。それは、現世で何をすべきかを知る手立てとなり、輪廻転生から解脱するための大きな一歩となり得た。しかし、それが、もし罪と血にまみれた前世であったなら、その咎を背負って生きていくことの悪夢に、生身の人間はどれだけ耐えていけるだろうかと白は胸を抉られた。あかりのような前世を背負った人間が、生まれ変わり、人生をやり直す意味はどこにあるのだろうかとも考えた。もし神や仏が愛や慈悲の心で、前世をあえて封印したとしたら、人が前世を知らずに生きていく理由がそこにあるのではないかと白には思えた。

　ふと心に祖父の夢で繰り返し出てきたフレーズが浮かび上がってきた。

「言わぬが花、知らぬが仏」そして「渡る世間に鬼はなし」。

　お釈迦様は、自分に人助けをしろと言った。白は、やっと出雲大社へ来た謎解きの扉が開いた気がした。

「あかりさん、そろそろ超音波ピアノを弾こうか。心の準備はいいかい」

　白の言葉に、隣で聞いていた正浩が言った。

「白君、今日は俺もそのピアノを試してみたいが、いいか」

「もちろんですとも、おじさん」

険しい表情のみんなからくすくす笑いがこぼれた。

夜半の激しい吹き降りが、朝には上がっていた。輝く朝日を浴びて、軒下の蜘蛛の巣には無数の雨の雫が煌めいていた。その雫の表面のどれもが虹色に耀《かがよ》い、一つ一つが小さな世界となって揺れていた。

肉体を持つのは学びのため
魂の穢れを磨けるまで何度でも続く

白の御朱印帳には、いつの間にかそう書かれていた。人は前世を知ることで、生きる目的をより明確にすることができる。なぜ、自分はこの世に生まれてきたのか。その答えを知ることは、怖いことではなく、自分の殻を破ることだと白は思った。

（了）

## 著者プロフィール

**横光 真呂**（よこみつ まろ）

1960年生まれ。

香川県出身。

慶応義塾大学法学部卒業、日本大学大学院総合社会情報研究科修了。

マサチューセッツ大学ジャーナリズムコース修了。

共同通信社に入社し、運動部記者として五輪、世界陸上、ゴルフのマスターズ、自動車のル・マンなどを取材。

「SOSEKIチャレンジングアワード」入賞。

「輪廻のピアノ　前世からのメッセージ」で作家デビュー。

**輪廻のピアノ** 前世からのメッセージ

2024年５月15日　初版第１刷発行

著　者　横光 真呂
発行者　瓜谷 綱延
発行所　株式会社文芸社
〒160-0022　東京都新宿区新宿１－10－１
電話　03-5369-3060（代表）
03-5369-2299（販売）

印刷所　図書印刷株式会社


ISBN978-4-286-24987-2